天下文化

BELIEVE IN READING

在歲月裡淘金

一閃一閃亮晶晶

沈春華 著

目次

第二部 女力崛起

第三部 在歲月裡淘金，一閃一閃亮晶晶

第四部 為自己編織一張安全網

—推薦序—

靈悟的行者

黃肇珩 資深記者、前中華日報社長

古今太多白屋公卿，艱困激厲進取的名人事例，塑成一般的刻板印象。

沈春華在《在歲月裡淘金，一閃一閃亮晶晶》這本書中，追敘了她四十多年，如何踏著平順的路，走出她的不平凡。

她寫出的故事，讓人體悟到足履平緩溪流，步向浩瀚大洋，滿懷激盪澎湃地追尋夢想，腳底其實要踏過許多碎礫和崎嶇坑洞，而直衝到海口，還得警醒何時駐足，以防陷溺無盡的洪濤。

父母、師友的照拂中，她體會到他們面對生活的堅忍和擔當，他們的愛和責任，加強了她看到向前的希望，不忍辜負人生。

她自認幸運地結合天時，地利與人和，創出她進入傳播界初始的「神奇六年」，她也自許另一成功關鍵，是她自小到大由於興趣、努力學習的底氣。

她不安於太快太猛的「名利雙收」，也不安逸於舒適圈的「現況」，捨棄優渥待遇、相當人氣的「現職」，毅然出國深造，衝往更遠的願景。

回國後，她開啟「最適合自己」的另一頁全新的傳播事業，在新聞主播崗位上，奔向她認為不辜負自己的人生目標。她秉持「認真、全心投入、全力以赴、充滿信心」，排除許多「跌宕起伏、困阻挫折」的危機，創出新的契機。

她的智慧，使她不曾拘限在工作職場，與歲月並進，她更透視人生，注意到家庭、健康，領悟了進退取捨，在事業高峰期，她「想得開、放得下」，又抽身回到自己的生活圈。

她徹悟了生存、生活、生命的人生三個層次的境界，她自認擁有了生活的自信，耕耘人生的福田。

她經歷「現代女性在職場奮起的風雲變化」，在事業與家庭間，走過「壓力與低潮」，她自稱在當前「女力時代」，她「悄然又強勢」地不斷前進，她分析

「女強人」之強，不在於職場上，是「對生活、對生命的態度，是遭逢挫折後的意志提升，是看見自己的奮起」。她相信自己，堅定地「在歲月增長中，自在前行」。

沈春華恪盡了大眾傳播工作者的責任，她在又轉換角色的當下，寫出《在歲月裡淘金，一閃一閃亮晶晶》，獻供走過來的人，一些咀嚼回味，也提示正在前行的大眾，許多抉擇的線索。

鑽石的光華，是琢磨的代價，世俗的匠師，只塑造出名利導向可炫耀的珍稀。春華是鑽石，她以自己的靈悟，磨亮這稀珍堅毅、明澈的形而上的本質。

—推薦序—

閱讀沈春華，思索熟年新可能

蔡詩萍　台北市政府文化局局長

對曾經長期在每日電視晚間新聞，親睹名主播沈春華風采的觀眾而言，這本書幾乎不需要什麼推薦文，「她是我們曾經共擁的記憶」，就是最好的推薦。

風姿優雅。反應機敏。新聞專業。口條一流。

「新聞主播沈春華的年代」，她豎立自己的風格，持之多年，得獎無數，當之無愧。

然而，這本書，畢竟是要嘗試著，打開一塊年輕世代的讀者群，於是，對他們而言，沒有理所當然的理由非看不可！除非，對，除非……

於是，我必須思索。

思索一些關於「沈春華主播的世代」其跨世代意義。時代的飛輪，的確不斷地轉出許多里程碑。無線電視的「老三台」（台視、中視、華視）還在，但電視頻道已經超過百台以上了。

「老三台」的電視新聞，分早中晚三節，主播個個可以成明星。如今，主播一籮筐，想成名，哪那麼容易？

於是，「沈春華主播的世代」，必然很像一種傳奇，令人神往，令人好奇。這是這本新書，很值得一讀的視角，主播傳奇的年代是怎樣的一種年代呢！

但，再傳奇的人物，也有她生而為人的必經歷程，例如，優質女性的養成過程，婚姻與事業的權衡取捨，職場上男性與女性的競爭與合作，歲月洗滌青春換來志業成就的代價，女人之所以為女人的超越世代的永恆課題，再輝煌亦終究要淡出職場的人生處境，生命第二春、第三春之可能……等等。

我在閱讀「主播沈春華」的新書時，不時會被她的這些思緒所牽引，因而要連帶思索，「後主播年代沈春華」的意義與價值等話題。

我想，這或許是，「主播沈春華」之外，能對此時此刻之現代女性，最好的獻禮吧！

我們，凡是能在一個時代裡，引領風騷過的人，若論述、回憶自己的過往，要不淪於喃喃自語，或白頭宮女話當年的自憐自艾，就得要找到「做為一個人」（超越性別的），「做為一個女人」（尤其沈春華是女性），以及，「做為一個專業工作者」的存在意義（這尤其是沈春華主播的價值）。

但除了這些，還必須加上一項：我們如何因應熟齡時代的來臨？當這樣的時代來敲自己的大門時，我們，做好準備了嗎？

「主播沈春華」卸下明星主播的光環後，她如何走出自己過去成就的包袱，迎向「後中年的沈春華」，這部分的「熟齡實習生」努力，是充滿可看性的。

若說，「主播沈春華」的風華年代，最能吸引沈春華的觀眾世代讀者群，那麼，「熟齡實習生沈春華」該是關切自己如何調整心態，適應熟齡來臨的世代們，最可參照的樣本，因為，沈春華依舊在，因為，沈春華繼續在摸索新的可能！

每個人都必然年輕過，但並非每個人都能抓住青春的意義；年輕人可以試試參考沈春華創造自己年輕成功的經驗。

每個人都必然要走進「後中年」的門檻，中年朋友們不妨從沈春華的試煉摸索，當成一面鏡子，映照自己的姿態。

—溫暖推薦—

亮麗的外貌容易沖淡內涵的追求，平順的生活不易激發刻苦鬥志，燦爛年華時難得會想到退場步伐，沈春華扭轉這一切。

「有務實航向的夢想，謙虛開放的心胸，不斷學習的精神，全心全力地投入，擴大視野放鬆自己，認真，堅定，在歲月增長中自在前行。」她把一般運用到很平常的「秀外慧中」四個字，轉顯得非常不平常。

——馬驥伸　傳播教育、論評散文資深工作者

每個人都希望自己生活是成功美滿，但也很容易迷失在以外在成就來界定自己。沈主播分享了她一甲子的生命故事，我們可以看到她在每次重要選擇的時候，聆聽自己內心的聲音，而不是外界的眼光，然後全力以赴。除了自己的專業

發展，也擴大至弱勢關懷，讓生命的意義與價值更上層樓，這正是她能夠經營快樂優雅人生的關鍵。本書可以看到，她如何實踐正向心理學之父馬丁・塞利格曼提出的快樂人生五要素：正向情緒、全心投入、正向人際關係、意義、成就感。值得所有想要追求快樂人生的人參考。

——鄭若瑟　瑪利亞社會福利基金會董事長、中國醫大附設醫院精神科顧問醫師

在大眾的印象裡，沈春華身為新聞傳播界的金鐘獎常勝軍，穩健能幹自然不在話下。兩年前有第一次見面的機會，言談之中隱約覺得在公眾視線下，她還有另外一個風貌。在新書中讀到她高中時期的活潑直率純真善良，《論語》裡講過「繪事後素」的道理，這才是她的生命底色，相信讀者們也會有這番「新穎」的感受。

——鄭文儀　高雄女中校長

春華是一個很用心的人，在專業上用心，在家庭上用心，對朋友也用心，做

什麼事都百分之百投入。進入熟齡後，她沒有止步，而是透過持續學習，給生命帶來新的篇章。她學理財、勤於運動、嘗試廣告動作片拍攝、持續主持的工作，愈活愈精采。相信這本書對鼓舞年輕一輩，以及對我輩讀者來說，都會是值得細細品嘗的作品。

——范宇文　女高音聲樂家

「我是看著妳主持節目長大的」，是很多50⁺的台灣人看到春華的問候語，意味著，「沈春華」所帶給大家的美好回憶與她的專業形象，是大家津津樂道的。除了螢光幕上的她，相信大家和我一樣，想多了解這位史上拿過最多金鐘獎的資深媒體人是怎麼辦到的？成功絕不是偶然，春華這本書，娓娓道來她的生命故事，文筆清新流暢，讓人不時會心一笑，頗有同感，一定要推薦給您。

——陳美伶　台灣地方創生基金會董事長

「跳舞，要跳到好像沒有人在看一樣！」
「愛，要愛到好像從來沒有受過挫折一樣！」

要推薦沈春華新書時，我想到上面這兩句話。她在生日宴會中舞動得好開心，唱歌的神態更像是進入了忘我境界。她設計在普吉島重拍婚紗照，更是浪漫至天高地遠。要活出上面這兩個境界，還真不容易。但我認識四十多年的沈春華，就是這樣在活她的一生：自在地分享上天賜給她的才華。盡情享受當下、有事溝通時平起平坐、尊重她的兩個孩子，最重要的是與先生共享幸福的家庭生活。

她拿過多次金鐘獎，但你一點都不覺得她高高在上，她有很平實的一面。從這本書的字裡行間，你可以感受到沈春華是如何不卑不亢地走過她一生精采的片段。祝福她未來舞跳得更開心，與更多人分享她的才華。

——黑幼龍　中文卡內基訓練創辦人

我總覺得她內心深處有一個頑皮的小女孩，聰明、好動又調皮，而且是個健康寶寶。媒體工作了四十年，得獎無數，總該退休了吧？結果她歸零再出發！難得見面，聽我自彈自唱，她也會在旁邊跳著獨特的舞步。上海行，走路沒注意台階，摔了一跤雙膝重重著地，不去醫院，而是照走行程，還買了個包和手鏈，我還真不知道這樣能治摔傷。最近她要出書了，大概是要告訴大家，她為什麼會是這個樣子？我想的沒錯，她心裡一定住了個小女孩，而且是個小精靈。

——陶傳正　陶冶文化藝術基金會董事長

與春華相交超過三十年，一直享受著她充滿支持與溫暖的友誼。她兩度主動跨出舒適圈，放下掌聲與優渥收入，勇敢追求自我，讓我反思自己也曾為忠於選擇而離開安穩職涯的決定。但更令人讚嘆的是，卸下主播光環後，她竟活得如此自在且精采，自律又智慧，讓人不得不佩服。我有這樣的朋友，何其幸運！

——靳秀麗　諮商心理師

人生就像一場精采的訪談，每個階段都有不同的主題與亮點。春華，這位專業、知性且屢獲殊榮的主播、媒體人，也是我輔大的學妹，透過她溫暖、獨特且充滿智慧的筆觸，娓娓道來她如何追尋夢想、超越自己、擁抱家庭與生活，同時持續忠於理想，用自己的方式與影響力為社會注入正向的能量。

這本書，是一位睿智女性對生命旅程的體悟及對生活的溫柔禮讚；也是一份對所有讀者的邀請——邀請您從中汲取力量，激盪並創造屬於自己的精采人生。

——方略　世界先進積體電路股份有限公司董事長

以前看春華，覺得她聰穎過人，學什麼都快，主持、主播專業領域之外，唱歌、跳舞、烹飪……什麼都難不倒她。直到一起上體適能課程，才發現她真的很認真，動作不但要「到位」，而且還要想辦法做到「極致」。

在她新書中能看到，這就是在她成長過程中不斷自律、自我鞭策，養成的個性與習慣使然。還有她的性格特質，她的快樂是發自內心且有感染力的，所以做什麼事都很投入、很專注。在這本書中，我們可以跟她一起 Enjoy every moment!

——葉樹姍　大愛電視台前總監

我曾在沈姊的「我們脫殼 Women's Talk」節目中，擔任第一集受訪者，被她的美麗認真、超強執行力與持續探索的風采所迷倒。她不僅是偶像人物，更是超級女力。在這本書裡，我們從她的成長經歷，看到這位十三座金鐘獎紀錄保持人的養成過程，更能在歲月增長中，看到她的自在前行，也提醒自己要像她一樣，在學習與追夢的過程中，將人生活得精采，因為「生命有限，生命力無窮」。

——舒夢蘭　金鐘獎主持人、製作人

（按來稿順序排列）

一自序一

願我們在歲月中愉悅前行

「五十知天命」過後，帶著對生活新的想像，我離開高壓、高時，也高光的職場，回歸自我。

這個從「舒適圈」和「成就圈」提前退出的抉擇，究竟在人生中展現了什麼意義？迎來什麼樣的改變？

一直到今天，我仍在每天的生活裡追尋並實踐。

是的，抉擇是開端，不是結局。過程中的一步一腳印，才是抉擇的真諦。

這或許正是我寫這本書的初衷。

我們和自己的距離，在不同階段和考驗的過程中，逐漸對焦，屬於自己的面貌也愈加清晰。然後，我們發現，原來自己比想像中有力量，歲月讓我們繳了不少學費，但只要有成長都不枉費。

就像穿衣打扮，總覺得別人搭配得好，但漸漸地，自信帶來自在，我們也愈穿愈有型，有了自己喜歡的風格。

現代女性豐沛的能量和多元形象，也時常縈繞在我心頭。她們在傳統角色和自我實現之間展現的才華、勇氣和承擔，也是我在寫這本書期間，內在一股溫柔支持的力量。

如果我在這個迅速變化的科技時代成為新手媽媽，或者成為職場新鮮人，抑或者面臨婚姻和職涯發展的兩難……我會有更好的機會，還是更艱難的選擇？

一對兒女已經成年，正在他（她）們的夢想之路前進。但我偶爾還是會想起那段職業婦女蠟燭兩頭燒的日子。

如今在街頭，我仍每每被年輕媽媽緊緊牽著幼兒小手的畫面吸引，總會回頭多看兩眼。無論是媽媽還是小孩臉上揚起的笑容，都會讓我當下湧現幸福感。

時隔多年，再度提筆寫書，有一種「近鄉情怯」的忐忑，已然離開電視台好久，卻又好似不曾離開媒體和觀眾（網友）。

只是，新媒體海量的訊息和創作，我這一滴水，能帶給讀者什麼呢？「凡事都很認真」的我，一提筆就卡住半年。

這段「苦思」的過程，也讓我看到，自己或許仍「自囚」於昔日的光環和頭銜，想得太多，包袱也丟不掉，忘了「回到生活裡尋寶，悠然自得」是心之所向。

生活裡自有一切，我筆寫我心，歲月帶來的新視角應該都值得分享。

於是，花了近兩年的時間，慢慢寫成的這本書，於我是重溫來時路，放眼未來的過程。

幸福的童年；夢想的啟動；女力的時代跨越；親子關係與老夫老妻的「心」關係；大齡生活的開創……既是情深意切，也有雲淡風輕。

時間是魔法，它讓很多東西消失，卻也變出不少驚喜，得與失之間，端賴我們的慧眼慧心。

二〇二四年底，我應邀回到母校高雄女中，參加雄女一百週年校慶晚會，和眾多優秀傑出的南台灣校友及職業婦女朋友們交流，讓我十分欣喜。

有校友跟我提及雄女六十週年慶時，我也受邀回到母校主持了校慶晚會，我嚇了一跳，差點忘了這件事。

轉眼，四十年過去了，那年我才二十五歲，大學畢業三年，已經拿到三座電視金鐘獎。

多麼感恩，在不同的兩個世紀裡，我回到出生地參與了母校兩個別具意義的慶典。

那個踩著腳踏車上學的高中女生，一路行來，還有著不變的初心吧！

但願「從小看我節目長大」的老朋友和他們的年輕一輩，跟我在這本書裡美好的重逢。

但願我們都能在人生道上愉悅前行。

但願歲月依然，曖曖含光，閃閃動人。

謝謝蔡詩萍局長，謝謝幾位前輩、好友為本書為文推薦。

尤其是我兩位輔仁大學大眾傳播學系的老師——黃肇珩老師和馬驥伸老師，他們兩位傳播學者的學養和風範，令人敬重。此次接受我的邀請，十分費心地幫我寫了推薦序，對學生我不吝美言、多所勉勵，讓我感動不已。

謝謝一開始鍥而不捨對我邀稿的郁慧，希望在天上的您，悠遊無憂。

謝謝細心又負責的怡琳主編、施玉、筱筑、冰如，當然，還有最給力的佩穎總編輯。

沒有你（妳）們的專業支持和耐心，這本書不會「一閃一閃亮晶晶」。

第一部

夢想的起點

1 父親的起家厝——我的夢想搖籃

父親的起家厝，是他對妻小最豐厚的責任與愛，
更是孕育我終生夢想的搖籃，打造我媒體生涯的起點。

我在高雄市區長大，大學畢業前，一共搬過三個家，從最早的二聖一路到五福一路再到和平一路，都是父親自地自建的獨棟房宅。我們做兒女的何其有幸，享有父母如此的庇蔭。

二聖一路的房子，是我兒時的第一個家，雖然至今已相距一個甲子，但總在我的腦海清晰浮現。那是當時鄰里間唯一有庭院的房子，是白手起家的父親，在

人生逐漸有能量時，給妻小最大幸福的想像和實踐。

摘芭樂、爬水塔、找樂子的小女孩

父親當時用可以蓋兩棟透天厝的土地面積，設計興建了兩層樓的房舍，並分為左右兩棟。從大門進來後，先是庭院，中間有一條水泥鋪成的車道，父親巡視工地用的摩托車和兄長們上下學騎乘的腳踏車，從大門進來可以一路順著水泥車道騎進庭院左上邊的車庫。

車道兩旁是植栽和花圃，右邊有一棵挺結實的芭樂樹，結果纍纍時，我們兄妹都曾爬上去採芭樂，雖然芭樂吃起來澀澀的，但我們樂此不疲。

大門進來的車道左邊是看門犬「胡麗」和牠的狗屋，胡麗是隻淺棕色混著些許米色毛的中小型犬，乍看有一點像柴犬，但應該就是一條台灣土狗。

牠有一個專屬的木造狗屋，跟查理布朗給史努比的屋子很像，只是胡麗不是屋頂上的哲學家，倒是不時對著放學返家的我狂吠兩聲，搞得我有點怕牠。

狗屋旁，興建了一座兩層樓高的水塔，供應家中用水，水塔邊上靠著一支長木梯，方便隨時上去維修保養。當年就讀小學的我和小哥偶爾無聊，就順著梯子爬上水塔上的小空間，當成找樂子的祕密基地。

庭院後方的主建地，是一棟格局方正的平房，主要是客廳、餐廳和廚房。餐廳裡，桌很大，平常是四方桌可坐八個人，人更多的時候，把四邊的弧形邊片拉上來，就成了一張大圓桌，擠上十二個人都沒問題。

當年，兩位姊姊已外出工作，大哥二哥也陸續到外地就讀大學，但不時有客人來訪，或是年節和寒暑假時哥哥姊姊回來了，家中動不動就坐滿一桌，七、八個人圍在一起吃飯，頗為熱鬧。

母親要為一大家子準備三餐，可想而知很辛苦，是我年紀太小嗎？還是備受寵愛？印象中，我沒幫忙什麼家務，母親很少使喚我，她總是怡然自得，扛起照顧一家大小的責任。

很快地，父親為她請了幫手，我更樂得穿梭屋前屋後，時不時拿支筷子，踩在沙發上，在白色的牆壁上指來劃去，假裝自己是教著學生的老師。

充滿歡聲笑語的庭院

平房的右邊連接著一棟兩層樓房，經由一樓的餐廳彼此相通。這裡主要是我們一家人的寢室，一樓的前方也有個小客廳，供奉著觀世音菩薩和祖先牌位。大門一開，屋外是不到八米寬的巷道，一眼可瞥見常在門口納涼，閒話家常的街坊鄰居。

這是從事營造事業的父親為妻小打造的第一個家，由於是他親自設計，也才會有不同於一整排兩層透天厝的格局，整條巷子只有位於巷口的我們家是兩棟合一，還有一個當時很稀有的庭院。

這個庭院有著我年幼時期對家的最原始印象，充滿回憶和孺慕之情。庭院裡花木扶疏，有著我們的歡聲笑語，更是家族枝繁葉茂的象徵，每年春節就成了最佳的全家福拍照地點。對我們一家來說，有了新春合影，除舊布新的年節喜慶，這才有了儀式感。

來訪賀年的親友也會歡喜地和我們在這裡合影，一張張盈盈笑臉，映照著貼在門上的春聯「門迎春夏秋冬福　戶納東西南北財」，橫聯「家和萬事興」，為新的一年留下幸福圓滿的祝福。

新年新衣，美好單純的喜悅

小時候過年真是滿心歡喜，尤其是「穿新衣戴新帽」，懷裡揣著爸媽給的紅包，喜孜孜地在院子裡拍照，即使半個世紀過去了，那份單純的喜悅，如今想來依然非常美好。

現在還有誰會惦記著過年穿新衣呢？但對年幼時的我來說，卻是不可撼動的期待。

每當過年前，母親一定會帶我去選購全新的行頭，而且新衣新鞋一定要留到大年初一亮相。

閉上眼睛，兒時好多套美麗的新年新衣輪番浮上心頭。

我最喜歡一套釘上珠珠和亮片的米色百褶裙洋裝，加上一件小外套，布料是閃著光的緞面，同色珠珠綴在肩下，像撒下星星的河川，十分雅緻好看。

還有一年是淺灰色毛料背心裙，領口和外套袖口有著花邊刺繡，不知是我自己挑的，還是母親的慧眼？

再有一年是擔任服裝設計師的二姊，幫我縫製的紅色薄呢斜裙洋裝，我還穿著在客人面前，胡亂表演了一段自創的西班牙舞。

印象深刻的新年照片，還有一張全家福，我站在父母中間，頭髮微捲，稚氣的臉上是酷酷的表情，原來手上拿著一把玩具手槍。

父親的愛，播下我的夢想種子

我們在二聖一路的家度過了大約十年的歲月，我從幼稚園的小娃娃，長成到讀國二的少女。當年也因為鄰近的一個眷村小同伴常和我一起走路上幼稚園，我很快地學會了一口標準國語，幼稚園時期就被老師選中代表畢業生致答辭上台演講，也是左鄰右舍中，唯一在上小學前就會說國語的小一新生。

後來我從小學到高中，一路都被學校指派參加演講比賽，逐漸練就出口語表達的能力與興趣，進而影響我十八歲時決定就讀大眾傳播科系，從此展開長達大半生媒體生涯，實現了一個又一個的夢想。

回想起來，這個充滿溫馨記憶的老屋，不只是父親的起家厝，是他對妻小最豐厚的責任與愛，更是孕育我終生夢想的搖籃，打造我媒體生涯的起點。如今即使歲月悠悠，老屋已遠，但當年播下的種子，卻在人生長路上長成了碧草如茵，生生不息。

2 媽媽的味道——兒時最甜美的滋味

媽媽的私房料理，
層層堆疊出我有滋有味的快樂童年。

摻和著糯米、黃糖和香蕉油的年糕香氣，甜滋滋地從廚房飄散開來，快速地流竄整棟屋子。剛讀幼稚園的我，好比被神奇的魔法棒點醒，立刻歡呼著衝向廚房，繞在不斷攪動大鐵鍋、額頭冒著大小汗珠的母親身邊……媽媽的手作年糕就快大功告成了，多麼令人興奮呀！

這是記憶深處兒時最甜蜜的畫面和滋味。

傳統女性，家與社會安定的力量

母親十九歲便嫁給同年的父親，雖是媒妁之言，兩人倒也互相看對眼，有了共組家庭的默契和憧憬。

正值青春年華的母親，秀外慧中，和外型粗獷，年少就透露著不凡氣勢的父親，可謂剛與柔的結合。

母親婚前曾擔任「社區家事」老師，嫁為人婦後，一切以家庭為重，自此洗手做羹湯，相夫教子，成為名符其實的家庭主婦。

成長的歲月中，看著忙前忙後的媽媽，我心裡不時盤算，長大後要像父親一樣，開創自己的事業。當家庭主婦重複類似的家務，實在太辛苦了。

年代的更迭，賦能現代女性更多可能和選擇。但在五、六〇年代的台灣，傳統女性扮演著家庭和社會的安定力量，那是甘於成就家庭的賢德和胸襟。我們這一代的孩子，最有感於母親的辛勞和付出，不是沒有道理的。

民以食為天，就拿「吃」這件民生大事來說，在物質相對匱乏、生活簡約的年代，每個家庭的媽媽，都能在有限的條件下做無限的發揮，都會有自成一家的「媽媽的味道」。

私房年糕就是母親每逢年節的驚豔之作。

古老石磨磨出濃密鄉愁

母親為何能將一袋糯米，變出一籠籠的甜、鹹年糕，除了巧手和愛心之外，關鍵在於我們家竟然有一座「石磨」。

二聖一路舊家的對面，有一塊父親購置的土地，上面蓋了簡易的磚瓦平房，房裡堆放著工具和建材，父親稱此處為「工寮」，其中一個隔間就放著這座石磨。沉甸甸、如假包換的古老石磨，是傳統農家用來碾米成漿的工具，光用肉眼看，就知道沒有兩、三名壯漢是移動不了的。

石磨如何來到這裡，成為母親自製年糕的好幫手，早已不可考。或許是出身農家的父母，為了一解鄉愁，託人從台南老家運來的。

用石磨磨米漿是手作年糕的第一步，工序很多道，心急不得。首先，浸泡過的糯米，要一勺一勺慢慢加入石磨上方的圓孔中，再由孔武有力的男丁推著連接石磨的長搖桿，以畫圓圈的方式轉動石磨。

慢慢地，好美好濃的白色米漿慢慢從石磨底部滲出，流入石磨下方的溝槽，溝槽有個出口，母親會在出口下方擺個小水桶，這樣就會蒐集到所有的糯米漿了。

看著磨米漿的過程，十分療癒。小小的我，綁著兩根短辮子，雙手交叉放在腰後，細細的兩隻腿撐個小肚子，可以盯著石磨看上好久。

磨好的米漿要裝入帆布做的米袋，用棉繩綁住袋口，一袋袋的米漿再被搬移到家中的庭院，上面用石塊或瓦片重壓，讓多餘的水分從米袋的縫隙中流掉，流到最後，米袋裡的米漿變成固體的糯米粉塊，就是大人們口中的「圓仔切」，接著再揉搓分成一塊塊的餅狀，廚房的活兒終於要登場了。

母親先將餅狀糯米粉塊放入大油鍋中，一面細心查看灶內的火勢，不時調整柴火，不可太大也不能太小，接著母親及兄長輪流拿著像船槳般的扁長棍，不停攪動鍋裡的糯米塊，同時在大鍋中加入大量的黃砂糖和少許香蕉油，糯米和油糖你濃我濃地慢慢融和，此時油鍋裡會咕嚕咕嚕滾出一球球的大泡泡，好像火山噴發流下的岩漿，香黏Q彈的傳統年糕逐漸成形。

樸實無華又很費工夫的傳統年糕終於出爐了，最佳吃法是切成厚約一、兩公分的長方形，裹上加了蛋汁的麵糊，下油鍋小火炸透，遇熱軟透的年糕常會衝破麵糊直接接觸滾燙的熱油，這處的口感總是特別焦香黏牙，好吃到讓人吮指回味。

至於未經油炸的年糕，可以直接切片冷著吃，能細細咀嚼出糯米年糕的迷人香氣和口感。

撫慰舌尖和心靈的媽媽粽

除了手作年糕，這些年最想念的是母親包的粽子。坊間的粽子多元有之，珍奇有之，但沒有一顆可以像母親的粽子，撫慰囡仔的舌尖和心靈。

我是南部粽的擁護者，尤其是媽媽粽的頭號粉絲。

還記得以前，每年端午節前，母親會擇期到傳統市場採買粽葉和備料，裝滿兩大菜籃子，還有肉販和鴨蛋商幫忙送貨到家，這一切都是為了準備至少五、六大串的包粽大戰。

家庭煮婦絕不只是勞力活兒，尤其是年節的傳統食物，除了來自精湛的廚藝，更有著細膩的計畫和工序，一步草率可能就前功盡棄。如今回想起來，母親能把一件複雜費事的烹調工程，做得精細到位、有條不紊，其實是非常有才華的。只是她甘於做成功男人背後的那個女性，於她，也是一種幸福。

母親的粽子有幾個特色：餡料講究但恰如其分，不會過多搶了粽子的整體口感和風味。現在許多高單價的粽子，大如碗公，裡面山珍海味，多到滿出來，卻讓我不知如何入口，更失去粽子質樸的粽葉香和口感。

再者，母親包的粽子略小於一般市售的南部粽，看起來秀氣可愛，正合我意。更重要的是，母親包粽子的手法細緻扎實，她總說糯米要壓緊，和粽葉之間不能有空隙，綑綁的棉線要紮緊，如此經過長時間水煮之後，咬下去的口感才會緊實綿密，而且每一口都有米有餡，炒過的香菇、蝦米、花生、肥瘦一比二的豬肉和蛋黃，在嘴裡迸出不同的香氣口感，真是太滿足了。

日常就是人生，媽媽的愛無處不在

媽媽的味道，還有許多，包括她親手灌的香腸、七八種細切食材和加了花生糖粉的春捲、咖哩雞飯、燜燒黃豆豉鯽魚、滷得黑亮又醬香四溢的滷蛋……這些媽媽的私房料理，層層堆疊出我有滋有味的快樂童年。

小時候，並不覺得媽媽的手藝有多厲害，長大後回想起來才赫然發現，母親最厲害的就是不讓兒女發現她有多厲害，**日常就是人生**，而她的愛和影響已經一點一滴注入我們的生命之中。

3 我的少女時代——白衣黑裙的日子

青春歲月裡有寬容慈愛的父母和師長，澆灌我茁壯成長，奠定了日後揚帆媒體事業四十年的基礎。

民國六〇年代，台灣經濟與公共建設起飛，除了加速工業現代化，更積極擴建基礎設施，「十大建設」計畫在這個時期推動。社會經濟從農業轉向工業，人們勤奮踏實，淳樸的風氣中，透露著求新求變的渴望。

迷你裙和喇叭褲展現了時尚風潮，同一時間，嬉皮（hippie）運動從美國崛起，席捲全球，投射新一代的反戰思想，以及崇尚自然生活方式的探索。

當世界和台灣都站上改變的起點，我也迎來了我的少女時代，考上南部第一志願的高雄女中。親友眼中乖巧認真的沈家么女，有著航向汪洋，尋找夢想之地的興奮和緊張。

然而，白衣黑裙（高雄女中的校服）的夢想還沒啟航，我卻一開始就搞了個大烏龍，差點沒高中可念！

「我可以買一本新生手冊嗎？」

四十多年前的八月天，正當我沉醉於考上雄女的喜悅自得，享受著尚未結束的暑假生活時，一日接到也考上雄女的國中同學來電詢問：「妳不念雄女嗎？怎麼昨天妳沒來學校報到？」

什麼?!我一聽非同小可，嘴巴裡的半塊芭樂掉了出來。

「報到？報什麼到？沒人跟我說呀！妳怎麼知道的？我只考了高中，怎麼可能不去念……」我一時語無倫次，真慌了。

掛上電話，我以百米衝刺的速度換上國中制服，單槍匹馬（騎著鐵馬），一路從五福一路的家裡直奔位在五福三路的雄女，心裡七上八下，如果讀不了雄女，我可死定了。

人生至此沒有後路，九年寒窗全為了拚上雄女，好不容易金榜題名，我竟然沒去報到?!因為有學生會放棄考上的普通高中，選擇就讀高職或師專，沒有報到就會被雄女校方認為不讀了。

老天爺呀！我自幼「循規蹈矩」，德智體群美五育並進，國中也沒有叛逆期，還不時為校爭光；雖然比較少幫媽媽做家事，也不至於就這樣懲罰我吧……我奮力踩著腳踏車，心裡不斷祈禱著。

喘著大氣又力圖鎮定的女學生，在學務處找到訓育組長陳映雪老師，她正在整理還沒有發完的新生手冊，我奔到桌前，深深一鞠躬，一口氣說明希望可以補報到，並為自己的疏忽表達歉意。

「怎麼別人都記得，妳會忘記呢？」陳老師歪著頭問我，眼神閃過不解，應該是在思索怎麼處理眼前這個粗心大意，但又能言善道的小女生？

「老師，我一定記取教訓。新生手冊我可以買一本嗎？」我一眼瞥見她桌上一大落手冊，無論如何不能讓學校拒絕我。

訓育組長沉默了兩秒，然後抬起頭看了我一眼。

「好吧，新生手冊還這麼多……妳跟我來！」陳老師帶著我到教務處求情，我又深深一鞠躬。自然，老師們都赦免了我，讓我補辦了報到手續，寶貴的新生手冊也光榮到手了。

一天之內歷經人生的危機和轉機，進入高雄女中的第一天，讓人沒齒難忘。

禁忌歲月裡的繽紛想像

就這樣，我有驚無險地穿上了白衣黑裙的制服，正式成為雄女的新生，展開不只黑白，還帶著繽紛想像的高中生活。

民國六〇年代的台灣仍處於戒嚴時期，政府陸續頒布各項法令限縮人民的部分自由權利，像電台只能播放淨化歌曲，還有黨禁、報禁和海禁等，都是這個時期的產物。

對於以升學考試為唯一目標的學生而言，最有感的就是髮禁，不但校園內教官會抓，連少年警察隊在街上看到留長髮的男學生，都會押回警局當場「修理」。

「舞會」也是被禁止的，但上有政策，下有對策，大人們愈是禁止，小女生愈是嚮往。學校裡偶爾有女同學分享緊張的舞會經驗，總讓大家覺得興奮又刺激。

主辦的同學提供教戰守則：便服放在書包裡，放學後再找地方換；樂曲音量要控制得宜，以防擾鄰被檢舉；聽到暗號，大夥就得從後門或跳窗（一樓）開溜……如果不小心被逮，父母被通知到警局領回子弟，那可就糗大了，學校也會記過懲戒。

雄女是女校，對於情竇初開的高中生，校方自然希望學生心無旁騖好好念書，想和「門當戶對」的雄中做校際聯誼，更是門兒都沒有。

這下就要靠「有辦法」又熱心的女同學，除了舞會，還能聯合已認識的男同學，各自私下串連，利用週末來場小規模的郊遊聯誼，這可是日復一日的K書生涯中，最怦然心動的時光了。

情詩沒寫成，演講一鳴驚人

只可惜以上這些我都沒有機會參與，少女時代連個曖昧對象都沒有，「那些年我們一起追的女孩」，也壓根兒沒發生在我身上。我只是偶爾翻著白眼，聽著同班同學帶著點炫耀地述說，又有哪個帥氣的雄中男生，或是更帥又挺拔的軍校生約她出遊看電影……。

少女情懷總是詩，雖然我「情詩」沒寫成，雄女生活也絕不會是黑白的。高一參加新生盃演講比賽，我就拿了冠軍，坐在台下評審的訓育組長應該嚇了一跳，原來這個忘了報到日期的糊塗蟲，竟是個演講的人才！不知陳老師心裡是否稱慶沒落掉了這個學生？

往後，我亦多次代表學校參加校際，甚至南部七縣市國語文競賽，記憶中不是第一就是前三名，帶隊征戰的就是陳老師，我們師生之間也有點「不打不相識」的味道和緣分。

前幾年，我離開忙碌的主播工作，有一次「國際婦女節」時，應高雄市政府社會局之邀，回到故鄉新建的「高雄市立圖書館總館」演講，驚喜地發現已然滿頭銀髮的陳老師，還有同班同學君涵帶著親手做的鳳梨酥，正笑咪咪地坐在台下！

我的內心好激動，這場重逢相隔四十年，世界雖已大不同，然而，雄女校園和南部豔陽孕育養成的年少初心和夢想，從未自我身上消失。我忍不住介紹老師和同學給現場觀眾，迎來熱烈掌聲。

愛與責任，引領前進

回想起那個相對單純、沒有智慧型手機和多元宇宙的年代，我心底充滿感恩、感動和懷舊的悸動。

多麼慶幸在青澀又調皮的青春歲月裡，有著寬容慈愛的父母和師長，澆灌我茁壯成長，奠定了日後揚帆媒體事業四十年的基礎。

父親是天，母親是地，師長如陽光，無論年少的我們有過怎樣的挫折和反抗，我們在天地裡，領受父母的教誨，師長的照拂，一步步建構生命的藍圖，也一心一意朝著心中的目標前進。

如果問，在那個年代裡，引導著青春年少的我們前進的力量是什麼？**我想那是父祖輩們面對生活的堅忍和承擔，也是這樣的愛和責任，讓我們看到希望，不忍辜負人生。**

4 我的「俗女養成記」

「俗女」並不「俗」，被各種憧憬和想像逼著長大的日子，
積累成我們生命的底蘊。

二〇一九年播出的電視劇「俗女養成記」，以一九七〇、八〇年代的台灣為背景，描寫女性成長和家庭的互動，寫實又妙趣橫生，引起廣大的共鳴。

成長於台灣建設起飛的年代，我們都從陳嘉玲（劇中女主角）的身上，看到一部分的自己和父母的教養觀。

「俗」雖然平庸，但是接地氣；「俗」雖然平凡，但是很有力。

「俗女」並不「俗」，被各種憧憬和想像逼著長大的日子，積累成我們生命的底蘊。

接受不同衝擊與薰陶，拓展視界

十八歲以前，我在高雄土生土長，從「俗女」到「淑女」，也有許多轉折。原本該是傳統又保守的台灣家庭，因著父母親的眼界和奮鬥史，加上時代的推移，讓成長於六〇年代的我，在許多事情上接受不同的衝擊與薰陶。例如傳統與現代、在地與國際、奢與簡、勤與惰、重男也重女……這些不同的觀點，讓正在探索世界的小女孩，得以延伸想像，在框架外思考。**好比兩個海域的交匯處，不同的海流和溫度，激盪出更強的波濤和能量**。

我的「俗女養成記」，受到父母雙親深刻的影響。

出生台南農家的父親，年輕時帶著妻兒和高昂的志氣，到高雄打天下，近半世紀前就在港都設立了最早期的建設公司。

身為小女兒的我，是家中唯一在高雄出生的孩子，一出生就享有家庭經濟漸入佳境的優渥，自小衣食無虞。但因為父母常講述年輕時的故事，我很能體會父母在台南鄉下有過起早摸黑、物質匱乏的辛苦歲月。

看著雙親胼手胝足，努力為家庭開創更好的生活，我自小也學到務實進取、未雨綢繆、不卑不亢的基本人生態度。

重男亦重女，成長有自信

早年台灣社會普遍重男輕女，祖父為單傳的父親取名「丁旺」，可想而知對男丁的渴求和重視。

母親不負所望，生下三女五男，「重男」在所難免，但雙親卻從未「輕女」，兩位姊姊出閣時，父親不但不收聘金，更備足豐富的嫁妝為女兒的「後頭厝」掙得面子以為後盾。

至於年幼的我，也一直享受著掌上明珠的嬌寵。小學以前我都直呼五位兄長的乳名，前廳後院跑來竄去，很是神氣。

父母重男亦重女，為我在「俗女養成」的過程中，奠定重要的自信基礎。

母親更是傳統社會中擁有進步觀念的女性。農村社會對女性的重擔與束縛，例如婆媳關係、生兒育女、操持家務……她肯定深深經歷過。

所幸父親很尊重並珍惜母親，母親在自組的家庭中絕非「小媳婦」，夫婦二人同甘共苦，鶼鰈情深。

哥哥成家之後，母親也不曾有過「媳婦熬成婆」的心態，想把過往的挫折和辛苦加諸在下一代女性身上，她從不耍婆婆的威風，絕不為難兒子媳婦。

少女歲月，沒有傳統枷鎖

母親也很少使喚我做家務，高中畢業北上念大學之前，除了念書、考試的壓力，我的少女生活過得很逍遙。

事實上，我對讀書一直很自律，雖不是讀得頂尖，但從不需父母擔心。

求學時期，母親最常催促我的兩件事，一個就是「快去洗澡！」另一個則是「別再讀了，趕快去睡覺！」當我必須熬夜讀書應付隔天考試時，總得用大棉被把自己和檯燈整個包起來，才不會讓對面房間的母親抓包，不斷要我熄燈。

家中還沒有請幫手的時期，一大家子的衣服是很大的家務負擔。印象中，母親一次也沒要我幫過忙，全是她獨自在院子裡的抽水機旁完成。當時年紀小，不覺得有什麼特別，長大之後才體認到傳統社會裡，不使喚女兒做家事的媽媽很了不起，那是一種胸襟和承擔。

面對廚房裡不時堆積如山的碗盤，母親總會輕輕哼著〈望春風〉、〈綠島小夜曲〉這些老歌，伴著流水聲，怡然自得洗著一個又一個的碗盤。

看著母親的背影，聽著她愉悅地哼唱，小女孩就覺得好安心，有一個這麼愛洗碗的媽媽真好啊！

我的雙手常被友人稱讚「奶油桂花手」，這個功勞應該全歸給母親！

獅甲國中三年，加上雄女三年，母親為我帶足了六年的便當。而且是每天早起現做，不分晴雨不分寒暑。

反觀我結婚成為媽媽之後，一天的便當都沒幫孩子準備過，所幸現在學校都有營養午餐，給了職業婦女最好的解方。

父親的溫柔，母親的期許

究竟母親如何看待自己的全職主婦人生？不得而知。

但我的成長過程中，她一直很支持我實現夢想，在工作中建構成就感，豐沛自己的人生。

母親這一輩，真的甘於這樣平淡的幸福嗎？

可以確定的是，她們對於下一代有了更多的期待和希望。

不把自己有過的枷鎖套在女兒身上，在傳統與現代之間，我的「俗女養成記」一直伴隨著母親走出舊社會，迎向新時代的不俗領悟和期許。

霸氣又強勢的父親，對我也有溫柔的養成。

超過半個世紀前的台灣，學琴的孩子是少數，給孩子買琴的家庭更少，任誰家裡送來一架鋼琴（不是風琴喔），都是街坊鄰居紛紛探頭的大事。

我的第一架鋼琴，是從未學過音樂的父親送給我的大禮。

鋼琴搬來的那一天，我非常興奮，一直盯著小心翼翼的搬運工人。鋼琴包裹著厚厚的棉被，以防止任何輕微的碰撞，我從一個小縫隙裡看去，還被鋼琴烤漆的黑亮光彩閃到眼睛。

近幾年，我自娛娛人，偶爾彈琴直播，意外得到關注與回響，許多識與不識的朋友，都跟我提及很高興能重新聽到理查．克萊德門的〈夢中的婚禮〉。

父親讓我學琴買琴，於他，於那個「養家不易」、「唯有讀書高」的年代，都是一件頗為不俗的用心之舉。

青春雄女，指揮、游泳樣樣行

前些時候，昔日雄女的同窗好友May和我重新聯繫上，多年不見，她仍有著笑起來雙眼瞇成一線的清純。然後一個同學拉一個，新成立的「青青雄女」群組裡，叮叮咚咚響起了那一段白衣黑裙的繽紛記憶。

不知為何，我對兒時景象記憶深刻，但求學時期的「事蹟」，除了記得常常代表學校參加國語文競賽，因而奠定大眾傳播的夢想之外，其他具體情節很少浮現腦海。

透過她們驚人的記憶力，我拼湊出更多的高中生涯。

雖然童年學過鋼琴，長大後家族裡還出了指揮家——外甥女莊文貞是長榮交響樂團的資深指揮，千軍萬馬或涓涓溪流都臣服在她的魔法指揮棒下，但我一直以為自己和音樂的緣分只有小學時擔任朝會的國歌指揮，國中當合唱團伴奏。

沒想到在雄女老同學的記憶裡，原來我竟是高中班上合唱團的指揮！當時演唱的曲目是〈大江東去〉。幾十年來，同學們始終印象深刻，說我頗有大師氣勢，而且表情十足，帶著大夥利用午休練唱。

更讓我匪夷所思的是，May 說我和她以及另外兩位女同學是班上的游泳隊，我們這組還曾奪得年級接力賽的第二名！我一直覺得自己游泳很差，怎麼可能?!這件事到現在我都沒想起來。

勇敢追夢，大膽更動志願卡

在「傳統與現代」、「新與舊」浪潮的激盪下，在港都長大的十八歲南部女孩，高中畢業前做了一個「大膽」的舉動——沒跟父母商量，擅自大幅更動大學聯考選填志願卡的排序，剔除了不喜歡的科系，也不再全以國立大學為優先。

送交志願卡的前一晚，對未來已經有「不俗」想像的高三女生，心想既然要勇敢追夢，既然志趣是夢想的根基，那麼擠進大學窄門的「志願卡」，就不該淪為錄取分數的排行榜。

大學聯考放榜，我考得「不是太好」，卻「剛剛好」降落在我心儀的新興科系——輔仁大學大眾傳播學系（當年只有輔大有）。

如果不是我神來一筆改變了志願卡，結果便會大不同。

從此，串聯起我既在地又國際的學程，傳播事業開始萌芽，改變了我的一生。

5 走上夢想之路

每一個「當下」做出的抉擇、展現的態度，
都在無形中一點一滴形塑我們現在與未來的人生道路。

究竟是偶然還是必然？我的電視生涯和夢想之路，是從哪裡，又是如何開啟的？

四十年前，我只是個普通的大眾傳播系學生，因緣際會，從初試啼聲的電視菜鳥，到主持兒童節目、綜藝節目、益智節目，最後成為新聞主播，一路走來，是一段很曲折的歷程，值得與大家分享。

在外人眼中，我的媒體生涯看似一路順遂，得獎頻頻，風光無限，但所謂「成功是一分靈感，九十九分的努力」，我的順遂除了有許多貴人給了機會、同事給了無私的支持，我高度的自我要求、面對不同階段的勇於抉擇，以及在低潮時候的坦然面對，這些應該是我一路走來，至今仍樂在傳播和學習的原因吧！

一通電話開啟夢想之門

人生的很多選擇，都和童年有關。

從很小的時候開始，我就是一個喜歡說故事的小孩，上學時期對演講也很感興趣，上台演說一向自在，因此十八歲高三選填升大學志願時，我非常心儀當時剛剛興起的大眾傳播科系，後來如願進入輔仁大學大傳系。

大學四年讓我學到很多，但大四那年，畢業可能即失業的集體恐慌，讓我不免也開始擔憂前程，很多想法在腦海中飄來盪去。

沒想到，大四學期中的某一天，一通來自學姊周賓義的電話，神奇地打開了我的夢想之門。

當時周學姊服務於天主教光啟社，正籌備一個名為「新武器大觀」的節目，由曾在美國休斯飛機公司任職、對武器相關知識極為熟悉的黑幼龍先生擔任主持人，由於那是一個比較嚴肅專業、陽剛味較重的節目，因此他們還需要一位清新活潑的女主持人，為節目注入輕快的調性，學姊的電話正是找我去試鏡。

還記得當時二十出頭的我，頂著時髦的爆炸頭，心裡想著不能給學姊漏氣，不能辜負這個機會，試鏡時對著攝影機從容不迫、自然流暢的有問必答，製作單位對我的表現很滿意，就這樣，我順利獲得第一個電視節目的主持機會，相較於正在尋找工作的同儕，我已經踩上一塊奠基的石頭，心裡真是雀躍萬分。

父親的顧慮化為祝福

但站上夢想的起點時，曾經遇到小小難題。

當我打電話回高雄的家裡，向父母報告這個好消息時，沒想到父親並不贊同我進電視台主持節目，認為他沈某某不需要女兒如此這般「拋頭露面」。

我著急地專程南下返家，滔滔不絕對父親說之以理，動之以情，一旁的母親臉上的表情雖看似嚴肅凝重，其實嘴角上揚，偷偷伸手對我比了個「讚」。

「爸，您想想看，我讀的是大眾傳播系，能夠進入電視台不正是學以致用嗎？這也是我的興趣所在，不然幹麼念大傳呢？」我向父親分析自己的專業和興趣，同時也看出父親保守的心態，一方面出自對小女兒的保護，另一方面是被電視台五光十色的傳聞給影響了。

父親是個白手起家、殷實的營造商人，凡事一步一腳印，不招搖高調，但也絕不退縮怕事，只是對於電視台是所謂的「娛樂事業」，再加上可能需要的「人事關係」不免有些顧慮。

我一方面察言觀色，一方面決定切入核心，發揮說服力。

「電視台不是只有靠關係，而且我們家跟電視台毫無關係呀！電視台要製作出這麼多好看的節目和新聞報導，需要很多幕前幕後的人才，電視台的成本很高，不能養閒人的，如果能力不足是會被淘汰的……。」我逐一向父親分析說明，也承諾我會努力。

父親聽進了我的話，不再多說，原本緊蹙的眉頭，也漸漸鬆了下來。

從此，在父母的期許和祝福下，我踏進電視圈，兢兢業業地跨出了第一步。

機會，是給準備好的人

「新武器大觀」的主持工作順利展開，我也引起電視圈的注意，之後陸續有了主持兒童節目、益智節目、綜藝節目……乃至擔任新聞主播的機會。所以有時我不禁會想，如果當初沒有學姊的那一通電話，我在畢業前便無法踏入電視台工作，後來的人生應該會完全不同吧！

然而，這個機會到底是偶然，還是必然呢？

我想，人生中很少有純粹的偶然。

每天的生活和學習中，我們在每一個「當下」做出的抉擇、展現的態度，即使當時看不出明顯的跡象或影響，但它們仍在無形中，一點一滴打造出每一個人的樣貌，形塑出我們現在與未來的人生道路。

就像我在大學還沒有畢業的時候，得到了主持電視節目的機會，羨煞了許多同學，但我的初試啼聲，雖是學姊美意的偶然，卻何嘗不也是我自小衷情語文表述，了解自己志趣，並不斷朝著這個方向邁進的必然結果呢？

走過四十年的媒體生涯，看著時代變遷，現在的我也常問自己：如果我是這個時代的社會新鮮人，我是否還能有著和當年同樣的機會和發展呢？

我的答案還是樂觀的——**最競爭的時代，也是最充滿可能性的時代，重要的是自己面對生命和未來的態度**。

從事媒體工作多年來，我一直有機會接觸年輕世代，也很樂於和他們對話、了解他們的想法，感覺這一世代的年輕人對於未來更加憂慮，因為世界變化的速度太快，科技的進展亦使得競爭日趨激烈，台灣的年輕人面對職場的考驗，如何在競爭中脫穎而出，壓力重重。

但我相信，如果我是現在的社會新鮮人，在這個高度使用網路和科技快速發展的時代中，我一樣會提前準備自己，我肯定會加強跨領域的能力，學習自媒體和ＡＩ的相關應用能力，以便在職場上與更多不同專長的人合作，共同完成任務。

此外，做為一位媒體人，擁有語文力和表達力是重要的，當今還要再加上創意和更強的耐挫力。

因為，機會，是給準備好的人！

6 初出茅廬，大放異采

短短六年內拿到六座金鐘獎，除了因為無比的運氣和機緣，另一個關鍵正是來自我從小到大，忠於志趣、努力學習的底氣。

說來奇妙，我出生自一個本省籍的家庭，母語是台語，五個哥哥的口音都是台灣國語，在那個小學生不說國語就要被罰錢的年代，說國語對我卻從不是問題，無論是上台，面對師長，還是面對鏡頭，我都能泰然自若，娓娓道來。

為何我這個台灣囡仔，幼稚園時就能以一口標準的國語，代表畢業生致答辭呢？

這要謝謝我兒時的一位玩伴，她是我人生的小小貴人。

手牽手上學的兒時好友

我一直記著她的名字——史志玲，年代久遠，希望沒有誤植。也一直記著她秀氣可愛的模樣，大姊結婚的時候，我們兩個就是最佳的小小花童。

她是我小時候的鄰居，隔著幾條巷子，住在眷村的房舍裡。已經忘了為什麼我們會認識成為好朋友，但清楚記得我們每天一早手牽著手去上幼稚園，因為小玲生長在眷村，國語是她的母語。我天天耳濡目染，很快地也就能說上一口流利標準的國語了。

幼稚園畢業典禮時，老師選中我代表畢業生致答辭，一度還讓媽媽覺得不可置信。剛進小學，更被班導師指定擔任班上的小小國語老師。

這些歷程自然練就出我的口語能力，當時我覺得國語流利是很自然的事，但沒想到這段養成過程，為我往後的媒體生涯，創造了很大的優勢和條件。

是運氣，也是底氣

我二十二歲主持第一個電視節目，之後短短六年內，從光啟社到台視文化公司，再成為台灣電視公司的主持人，參與了一個又一個叫好又叫座的節目，而且一連拿到六座金鐘獎，除了因為無比的運氣和機緣，另一個關鍵正是來自我從小到大，忠於志趣、努力學習的底氣。

回顧這不可思議的六年，可說是結合天時、地利與人和。首先，是因當時正逢台灣電視產業從創立穩定期，走入開展新局的一九八〇年代，我因緣際會參與許多不同型態節目的主持和製作，從這些電視節目，也可看出當時的媒體環境和社會氛圍，如何造就了這些節目的成功。

一九八〇年代初期，我先主持電視節目「新武器大觀」，而當時的電視媒體環境主要有三家電視台，包括台視、中視和華視，也就是所謂的老三台，正處於求新求變，蓄勢待發的狀態。

值得一提的是，一九八〇年代的台灣仍處於戒嚴時期，媒體環境仍受到一定的限制，三家電視台壟斷電視市場，政府推行歌曲審查制度和淨化歌曲，但此時台灣經濟持續起飛，許多創作人積極在音樂與電視節目中，尋找屬於自己時代的聲音和內涵，也促使電視節目勇於進行更多的嘗試與突破，也渴求不一樣的人才。

在光啟社製作的「新武器大觀」中，台視公司看到了我這個初出茅廬的年輕女孩，讓我有機會先後主持兒童節目、綜藝節目、益智節目和社教節目等不同類型的節目，這也反映當時媒體製作環境的多元和蓬勃，當然也給了我一次又一次不一樣的挑戰。

從沈姊姊到「我愛紅娘」

如果說，「新武器大觀」為我開啟電視生涯的大門，那麼台視文化公司製作的「快樂小天使」，可以說是我人生中第一顆閃閃發光的幸運星了。

這是一個兒童節目，我在節目中，不僅要唱歌、跳舞、講故事，還要帶領小朋友動手做勞作，我就是小朋友的大姊姊，自然流暢的主持風格，讓我在年僅二十三歲時，就奪得了金鐘獎最佳兒童節目主持人，這是我人生第一座金鐘獎，無比珍貴。

當時的電視台正積極創新突破，我年輕、清新、口條佳的傳播系本科生，正好符合當時電視台的需求，因此我成為眾多節目邀請的對象，如今回想起來，不禁覺得福星高照。

一九八二年登場的「我愛紅娘」，就是一個創新的電視節目，做為台灣甚至整個華人地區第一個電視交友節目，「我愛紅娘」推出時獲得巨大成功。

我和田文仲大哥擔任第一代主持人，製作人是洪理夫。在我主持的五年期間（一九八二至一九八七年我赴美留學前），成功撮合了超過一百四十對佳偶，等於平均每兩集就有一對成功。而整個節目在十一年的播出期間（一九八二至一九九三年），總共促成五百多對佳偶的結合。

這樣的成績對於一個電視節目，而非婚友社來說，實在是令人驚喜的。我認為這和製作團隊的謹慎和真誠密不可分，「我愛紅娘」並不僅僅追求收視率和娛樂效果，而是真正希望為未婚男女提供交友的機會，因此對參加者的身分查證和資訊提供上都非常嚴謹細膩，報名參加節目者甚至要簽下切結書，保證自己提供的資訊絕對屬實。

參加節目的男女來賓，都是素人觀眾，他們初次在電視鏡頭前見面的那一剎那，充滿期待、興奮、害羞和尷尬，為現場和電視機前的觀眾帶來許多驚喜和趣味，因此成為一九八〇到九〇年代的長壽節目，也是台灣電視節目的代表作之一。

除了「我愛紅娘」之外，我還主持過「強棒出擊」和「大家樂」兩個節目，也在一九八〇年代創造了成功的話題和收視，節目內容在當時都非常受歡迎，讓觀眾津津樂道。

對我來說，這兩個節目給我很大的收穫，是能與兩位資深主播，也是電視新聞界前輩盛竹如、傅達仁合作。

「強棒出擊」還邀請眾多歌手、演員，以及當時的校園美女參與遊戲，也透過各種「世界奇觀」的影片讓觀眾開拓眼界，增長見聞。「大家樂」則是一個現場直播的益智節目，在當年也是首創，觀眾透過電話參與問答遊戲，有機會贏得豐厚的獎金。

新思維創造新時代

回首一九八〇年代的電視環境，再比對現今新媒體的崛起，我們可以發現兩者之間存在著巨大的不同。

過去，電視台是強勢媒體，進入這個窄門並不容易，更不用說在短時間內藉由電視節目走紅。我大學剛畢業，就能有機會主持多元性質節目，是非常少數而幸運的例子。

然而，隨著網絡和串流科技的發展，影音傳播經歷了翻天覆地的變革，電視媒體的高牆已被推翻。在數位科技高度發展的今天，每個人都有機會成為自媒體，只要具備才華和獨特性，能夠吸引自己想要影響的目標受眾，每個人都有機會崛起，一夕爆紅。

至於在螢光幕前擁有光環的演員、偶像和明星，除了演技、外表、才藝等專業，如今也需要具備新的思維，經營社群，才能夠在無遠弗屆的網絡傳播中，更接近自己的受眾，成為有影響力的ＫＯＬ（Key Opinion Leader，關鍵意見領袖）。

時代的演變，不會因為任何個人而放緩腳步。做為一位親眼見證媒體傳播變革的資深媒體人，我為自己過去所取得的自我成長和成果感到欣慰。同時，我也樂於看到年輕人有更多展現自我的機會。

這個新時代的崛起，**契機和危機是一體的兩面，謙虛開放的心胸和不斷學習的精神，是在新媒體大海中航行的重要指標**。如今的我，走過媒體超過四十年，不論當年有過多少掌聲與光環，也時時提醒自己彎腰學習。

而在追逐夢想和自我實現的路途上，也不要忘記感恩，我不時想起那些曾在生命中為我帶來幸運的貴人，想起周學姊，想起小玲，多年未見，希望她們一切安好，祝福她們健康、平安。

7 跨出黃金舒適圈，勇敢追夢

「人生不可能都是這麼平順吧？」
名利沒有讓我沖昏了頭，我開始忖度如何面對更長遠的未來。

「未知」總是令人疑懼，唯有做出決定，才能揭開藏在人生試卷裡的答案。

剛進入電視台的前六年，我的工作非常順利，就在手邊三個節目叫好叫座之際，我跌破眾人眼鏡，在一九八七年放下一切，赴美攻讀碩士，將六年六座金鐘獎的光環留在台北。

至今想來，這依然是一個很獨特的決定，既然我的工作如此順風順水，為什麼要放棄觀眾的掌聲和優渥的收入，從零開始，回頭當學生呢？

抉擇很難，有捨才有得

猶記得當時，身邊的朋友，尤其是製作單位，聽到我想出國念書時，都認為這個想法是不切實際的浪漫，甚至有點愚蠢。

我倒認為，夢想對自己來說都是浪漫的，雖然難免會有一點愚蠢，畢竟夢想跟現實之間常存在落差，但這正是夢想的可貴，所以才會說有夢最美呀。

我也深知抉擇很難，因為沒有一個選項是完美的，你總是要捨才有得。抉擇的重點是如何做出決定，並且好好經營這個決定，無愧於自己的浪漫與勇氣。

當時說我不切實際的朋友，是從經濟面為我打算盤：為了一圓留學夢，放棄電視節目和優渥的酬勞，還要花上好大一筆學費，這個學歷投資也不一定會墊高未來的事業發展，我到底所為何來？

從我大學畢業時的社會經濟情況，不難理解朋友的思維。

那是民國七、八〇年代的台灣，剛進社會的大學畢業生每月薪資大約在一萬二到兩萬元之間，資深一些的上班族，加上福利津貼或全勤獎金，每月大約有兩萬五千元的收入。當時年輕人躬逢「台灣錢淹腳目」的經濟蓬勃時代，在經濟起飛的氛圍下展開職場生涯，收入普遍來說不會太低。

對照今日的年輕人，面對萬物齊漲，房價飆升，等了三十多年都等不到薪水相對成長，22K的魔咒甚至還曾長期套在不少社會新鮮人的頭上，確實心酸。

不被名利沖昏頭

再回頭看當年的我，一個剛踏出大學校園不久的年輕女孩，「敬業樂群」是我進入父親口中「複雜的電視圈」所抱持的基本態度。

儘管我的工作沒有合約保障與固定月薪，但主持費是按集計酬，加上當時電視產業由三台壟斷，業績蒸蒸日上，廣告商自動捧著大把銀子請電視台排播廣告。水漲船高之下，節目主持人的收入，自然也節節高升。

我記得洪理夫製作人找我談「我愛紅娘」主持工作時，最後提到了敏感的主持費問題。他有些尷尬地用他的台灣國語說：「因為我們剛剛開始做齣，也還不知道收視率會怎樣，電視台也不會給我們太多錢，就是製作費啦！所以我想說給妳每一集七千元的主持費，希望妳多多包涵……。」

乍聽到這個數字時，我腦袋閃了一下，確認這不是月薪，因為洪製作雖然是台灣國語，但「每一集」還是說得很清楚。

我內心相當雀躍，這個主持費比起兒童節目高出許多，兩個節目的主持酬勞加起來，我的收入比起社會新鮮人的起薪高多了。

我優雅地點著頭表示接受，心想：「原來進入電視台才是金飯碗。」雖然不確定能主持多久，但這是我喜歡的工作，對大眾傳播系的畢業生來說，也算學以致用。當天晚上，我就打電話給高雄的媽媽，報告這個好消息。

當然，後來又陸續接手主持了「強棒出擊」和「大家樂」等益智節目，主持費沒有最高，只有更高。

我對每個節目都全心投入，全力以赴，而每一年的金鐘獎，我主持的節目都入圍，我也幾乎年年得獎！

但是這樣令人豔羨的「名利雙收」來得太快太猛，反倒讓我內心不安。

「人生不可能都是這麼平順吧？」名利沒有讓我沖昏了頭，我開始忖度如何面對更長遠的未來。

不只是浪漫，是忠於自己

多年前，在輔仁大學校園時，我常常做著畢業後出國留學的美夢，這個夢想再度浮上腦海，漸漸盤踞心頭。

一開始，順遂的電視節目主持工作，也曾讓我對夢想很猶豫，一度放棄了南加大（USC）第一年的入學許可，申請展延一年。

然而，隨著時間一天天過去，留學的夢想愈來愈強，回到單純的學生角色，重拾書本、擴大視野、輕鬆做自己……這是我一直的美好想像，如果再一次放棄，這個夢想就會愈飄愈遠。

我問自己：為何當我有了更好的條件去實現時，夢想竟然變得更困難了？忙碌的工作中，我靜下心，慢慢聽見內心的聲音：每個人的想法和處境不同，不必屈從別人的高見，也不要在自己的執念中一意孤行。重要的是想清楚，什麼樣的生活讓你更快樂一些，更有願景一些？更重要的是，**做出決定之後，好好的經營這個決定，並且為這個決定負責**。

日復一日，心裡的聲音愈來愈清晰，我終於確定自己要的是什麼，即使要放下既有的成就，即使未知會帶來疑懼，但我仍決心跨出追夢的第一步，向地球的另一端飛去。

一九八七年夏天，我告別電視台，赴美攻讀南加大新聞與傳播學院（USC Annenberg School for Communication and Journalism）的傳播管理碩士。

父母兄長和姪兒、外甥一行人，從高雄北上桃園機場為我送行。前一天，爸媽參加了「強棒出擊」歡送我的節目錄影，那是我電視生涯唯一一次和父母同台亮相，彌足珍貴。

我終於奔赴夢想，但如今想來，對父母親當時的心情覺得有些不忍。從小，爸媽對我很信任，幾乎可以說「只要囡仔喜歡，沒什麼不可以」，他們雖然支持並鼓勵小女兒勇敢追夢，但二老心中一定捨不得……。

另外值得一提的是，我投入職場六年之後再前進海外留學，這個自我開創，不安逸於舒適圈的決定，激勵很多已踏入職場的年輕人，讓他們對於未來有了更多的想像和追求。

這個決定，也在兩年後間接為我開啟了另一頁全新的傳播事業，這完全在我的想像和預期之外。

第二部

女力崛起

8 女力向前衝——我的女力崛起

我心裡一直很清楚自己的答案。與其說我樂在工作，不如說我樂在擁有生活的選擇權。

做為現代女性，在兼顧家庭和職場時，我們的耐挫力和承擔力，可能遠比自己想像的強大。

我也曾有過這樣的心路歷程。

從大四下學期，一腳踏入電視圈後，我一直在媒體工作，回首一望已經四十年有餘。歲月轉眼過，縱使過程中有各種轉折起伏，但我從未想過離開職場，一直到今天，我都不言「退休」，反而以自己更喜歡的樣貌和時間持續產出，傳播人的血液，始終流動在我的每一個細胞。

即使二十八歲時中斷電視工作，選擇赴美留學，也是為了追逐夢想並厚植自己的實力，並非對職場倦怠，萌生去意。

偶爾，我會問自己，為何一直樂在工作？工作給我的意義是什麼？如果我能把更多時間留給兩個孩子，我是否會成為一個更好的媽媽？

職業婦女或許都曾有過這樣的困惑，每個人的目標和處境不同，沒有所謂的標準答案。而我心裡一直很清楚自己的答案，與其說我樂在工作，不如說我樂在擁有生活的選擇權。

挫折與壓力，冷暖自知

從很小的時候開始，大約是國中吧，我就想像自己成為新時代女性，既能勇敢追夢，又能獨立思考，如此才是快樂有願景的人生！

之後的大半生，家庭和職場給了我這樣的環境，並提供支持，讓我實現從小萌芽的女力思維，讓我能夠一直從事喜愛的傳播工作，有滋有味地享受過程，累積成績、跨越挫折⋯⋯。

這一切讓我感到幸運，也深深的感恩。

當然，四十年的職涯，也經歷過現代女性在職場奮起的風雲變化，我們在事業和家庭之間，如人飲水，有著冷暖自知的心路歷程。

外人看我好似一帆風順，但其實哪有不挫折的人生？

我曾經因為左耳「暫時性失聰」，在台北榮總整整住院一個星期。先生帶著尚就讀國小的一雙兒女來看我，我第一次覺得忙碌和高壓的新聞主播工作，讓我付出了健康的代價，也影響了家庭。孩子們在病床邊一直問著：「媽媽怎麼了？」讓我心疼又抱歉。

那時也住在榮總思源樓病房的恩師，輔大前校長羅光總主教知道我生病了，還特地讓洪修女推著他的輪椅到另一棟我的病房來看我，為我降福。每憶及此，總讓我紅了眼眶。

後來雖然幸運痊癒，恢復完全的聽力，主治醫師更將此視為一個難得的案例，但至今仍然無法確定誘發失聰的原因是什麼，醫生只能合理地歸諸於工作壓力。

新聞工作不斷更新，與時間賽跑的壓力，天天存在。

一直到今天，我偶爾還是會被同樣的惡夢驚醒：眼看著距離上主播台只有十分鐘，卻猛然發現尚未著裝、稿子未看完，慌亂中衝入更衣室，抓起外套、頂著一張素顏，百米衝刺跑向攝影棚……總是還沒趕上，就醒了。

夢裡的焦慮、恐慌，也是一種職業傷害。

零點幾個百分點的輸贏

一九九四年政府正式受理有線電視系統申設登記，一時間，百家爭鳴，台視、中視、華視老三台獨大的優勢不再，有線電視台為了搶收視率，打破傳統新聞編輯的邏輯和框架，羶色腥新聞不斷出現在螢光幕，甚至攻占頭條，一度成為傳播學者關切的焦點。

做為晚間新聞的主播，我扛著收視重擔，又要謹守新聞倫理、社會責任的分際，常和工作團隊陷入焦慮和爭論。

猶記得當時曾好不容易打贏新聞仗，收視勇冠三台，沒想到又迎來另一波顛覆傳統的挑戰。各台似乎忘記了正統新聞才是真正的戰場，反而為了競爭收視率，無所不用其極，我無奈地天天盯著收視率，在相差零點幾個百分點的輸贏中較真，心情真的很鬱悶啊！

我再也忍不住，打電話向母親求救（應該是討拍吧）。那是我第一次對父母報憂不報喜，母親在電話那頭感受到我的工作高壓和低潮，頓時提高分貝，以洪亮的國語說：「妳是我的女強人，囡仔，妳是最棒的，不要怕！」

一剎那間，我深受感動，眼淚掉了下來。

突破傳統，母親的勇敢新思維

當年，女性在職場習慣於「溫良恭儉讓」，「女強人」還是一個新興的名詞，不少事業有成的女性，多少有點排斥這個稱號——女性即便強，也應保持低姿態，不願「強」出頭。

母親是個傳統的家庭主婦，「相夫教子、操持家務」就是她生活的全部，但面對從未訴過苦的女兒，母親卻有著突破傳統的想法，毫不掩飾地支持我，認同女性要強，要勇於在職場展現長才，縱有考驗，也要迎向前去！

相較於較傳統保守的父親，一直是家庭主婦的母親，早在四十多年前，已對女性角色展現了勇敢又嶄新的思維。

隨著時光流轉，「女力時代」悄然又強勁地不斷前進，從不曾停下腳步。現在，我告訴女兒，「女強人」早就不是特殊少數，而是現代女性必要的自我養成。

優雅有力地用心前行

不誇張地說，無論是職業婦女還是家庭主婦，我身邊每個女性都是女強人。

所謂「強」，不僅是職場上的呼風喚雨或功成名就，而是一種對生活、對生命的態度，是對幸福快樂的追求，是遭逢挫折後的意志提升，是生存之外，擁有生活的自得……。

「強」，就是看見自己的奮起，不是豔羨別人的成功。

女力的偉大，一點一滴潛藏在不張揚的日常裡，女性ＣＥＯ也好，全職媽媽也好，女性的步伐總是優雅又有力！

我們究竟該如何成就自己？其實再也無需困惑，工作和家庭，魚與熊掌，不必然是單選題，不必非黑即白，只要用心前行，歲月一定會給予屬於妳的答案和回報。

9 幾度叛逆，成為生命的華麗轉身

叛逆是對自己的忠誠，只要能負起責任，勇敢實踐與承擔，我還希望繼續叛逆下去、還有能力叛逆下去。

很少人看出我的「叛逆」，但事實上，有些時候，有些事，我是叛逆的。

從二十二歲踏進電視圈至今，外人看我的媒體生涯，好似順風順水，但其實難免有低潮。只不過在關鍵時刻，我總會轉個方向，逆流而行，為生命尋找新的目標和視野。

或許帶著點任性，但絕不是衝動，我選擇勇敢地跳出舒適圈，給自己探索新局的機會。

這和我個性上的基調——穩定、認真、不做沒把握的事，好像很不一樣。但兩者並不衝突，人都有很多面向，我也有「叛逆」的那一面，也因為這些叛逆，才能迎來不一樣的挑戰，成就不一樣的人生。

尋夢，走自己的路

現代女性重視自我成長，那是尋找心之所向的過程。

隨著現代社會兩性平權的觀念普遍，女性的路愈走愈寬，一旦機會來臨，自然水到渠成，選擇走自己的路。而比起男性一直以來在家庭和社會擁有的優勢和主導權，當女性站上追尋夢想之路的起點時，比較不會高調地引人矚目，總是鴨子划水般，朝著目標前進。

回想起來，從小雖成長在比較傳統保守的台灣家庭，但父母對我這個么女一向信任又支持，讓我自由自在地學習，培養主見與自信，必要時也能跳出常規，走自己的路。也因為這樣，人生幾度出人意表的抉擇，很慶幸沒有踢到鐵板，反而成為生命裡的華麗轉身。

十八歲，我瞞著父母，填寫大學聯考志願卡時，偷偷更改志願順序，結果考上當時最心儀的新興科系——輔仁大學大眾傳播學系，這個「完美的降落」，改變了一生的命運，開啟與傳播事業的不解之緣。

二十八歲，已囊括六座金鐘獎，我放下如日中天的電視事業，請辭三個叫好叫座的節目，赴美攻讀媒體管理碩士，這個決定讓朋友和製作單位眼鏡掉滿地。

五十二歲，媒體生涯中燦爛發光的黃金時刻，我迎來職涯中最大的一次「叛逆」，毅然揮別服務了二十二年的電視台和主播台！

離開，是讓新的可能進來

至今想來，都不知道自己哪來的勇氣，也問過自己：是任性？還是靈感？

我深知媒體工作對我的意義，何況我那麼珍惜電視台的新聞團隊和工作夥伴。

但離開的想法一直縈繞心頭，我清楚記得當時另一半小心翼翼的措辭：「妳確實做了很久，也感到疲憊，如果沒有工作的束縛，讓妳可以自由來去真的很好。但等妳真的離開了，妳會不會想念這個舞台？會不會不開心？妳要想清楚。」

我迅速對先生翻了一個白眼，常讓他把沒講完的話吞下去。

人生有時候就是這樣，**離開，不是因為不知道會失去什麼，而是希望有新的可能進來！**

當時，我的腦海常浮現一個問句，幫助我釐清不安與困惑：「未來十年，妳想過什麼樣的生活？如果還持續這份工作，妳能享有期望的生活嗎？」

緊接著是第二個問句：「離開主播台的失落比較大，還是無法掌握自主權，體驗開創新人生的失落比較大？」

在我新聞主播工作的後期，新媒體生態已然成形，而且快速開展。我不了解年輕網紅的笑點和無厘頭為何能吸引那麼多流量，我也好奇一支手機竟能取代整部電視轉播車和SNG車的無限可能。新媒體是一個全新的世界，我想去探索和挑戰，開創新的未來。

抉擇，不讓人生留下遺憾

一直到今天，我偶爾仍不免回想起做了「提早」離開的決定時，那一段反覆思考的心路歷程。

有些時候，我雖知道外在環境確實快速改變，但一步一腳印累積起來的主播資歷和信賴多麼可貴！二十二年算什麼？國外的資深主播愈沉愈香，是可以做一輩子的事業。

想想美國電視女主播第一人芭芭拉・華特斯（Barbara Walters），她到八十四歲仍在美國廣播公司（ABC News）主持新聞節目「*The View*」（觀點），仍維持溫柔且堅定的精準風格，有為者亦若是啊！*

但另一方面，我想起自己從大四那年就投身電視節目和新聞工作，分秒必爭，不但要隨時關注新聞事件發展，當重大新聞暴發時，更要隨時待命，衝到新

---

* 華特斯在二〇二二年底過世，享耆壽九十三歲。

聞棚開 Live 報導，無時無刻的緊張和責任，長期下來已讓我疲憊。

尤其我一直很想有更多時間陪伴兒女成長，卻始終心有餘力不足，彷彿成為生命中的一份缺憾。

我雖是一個自許在工作上追求自我成就的現代婦女，但另一方面，我也非常注重女性的傳統角色，以及做為母親的天職。

如果我持續這樣高壓高時的工作型態，未來幾年當我的孩子分別上大學、念研究所，甚至進入社會的階段，我仍將缺席，不能自由自在地運用時間決定要待在哪個城市，這將是一場無可彌補的遺憾。

一路想下來，我的答案愈來愈清楚，當魚與熊掌不可兼得時，做出人生的抉擇就勢在必行了。

捨得，也重新獲得

當然，離開電視主播工作，全新的人生充滿未知，會令人恐懼。但換個角度想，不也充滿想像嗎？

好比坐在台下，等待評審宣布名次時的心情，忐忑不安卻也充滿期待。前提是你至少得參加比賽，至少得坐在台下，不能老在門外徘徊，連報名參加都不敢，既不知道自己會失去什麼，更不知道自己會迎來什麼新局。

如果不是當年捨得離開，我無法擁有一段做為全職母親，陪伴女兒在美國念大學的美好時光；我也無法在兒子奮發圖強，決心要給自己更高學歷，申請上符合心中理想的西北大學梅迪爾新聞學院（Medill School of Journalism）整合行銷傳播（IMC）研究所的過程中，給予他有效的提點和鼓勵。

我也不能驕傲地參加兒子在西北大學碩士班的畢業典禮；也不能和穿上學士服的女兒在舊金山州立大學（SFSU）校園合拍畢業照……。

更別說一次次的親子海外旅行，帶給我深刻的回憶和感動。

全新的選擇，填補了我曾經的遺憾，我從未放棄對傳播事業的熱愛，我知道自己可以在其中不斷地學習、成長和成就，但我也深知我不是一個只為自己做決定的女性，我希望在多元的人生角色當中，包括女兒、妻子、手足、同事，尤其是母親……，都可以盡情盡心地喜悅付出，歡欣收穫。

一旦做了決定就勇往直前，不要後悔，向來是我的人生態度。如同當年給自己的答案：「生命的時間是有限的，端看你要如何使用它。」

叛逆是對自己的忠誠，只要能負起責任，勇敢實踐與承擔，我還希望繼續叛逆下去，希望還有能力叛逆下去，那表示我體力好，腦力佳，對生活和生命都沒有失去興致！

10 女力時代跨越——家庭與事業並重的雙軸人生

女性的「時代跨越」比男性「高竿」，前進的速度、改變的能力比男性強。

朋友亦喜亦憂地說，女兒有了不錯的對象，但兩人似乎沒有結婚的打算。她接著說：「女兒說經濟穩固更重要，她的事業正在起步……。」言詞間，難掩失望。

年輕人追求經濟獨立，是負責任的表現，父母欣見。但或許因為現代小家庭的經濟負擔太重，追求自主自立的女性，不再把結婚與生兒育女視為必要的人生選項。

也因為女性在各領域的參與程度加大加深，面對人生的思維和選擇也走向多元化，活得愈來愈精采。

心態決定你的人生

我在準備一場演講內容時，發現一項網路媒體的年度調查*透露玄機：讓女性不快樂的原因中，高居首位的不是健康，不是家庭，竟然是「財務」！女性對於經濟的憂慮，不下於男性，具體顯現家庭中男女角色和觀念的轉變。

最近十年，我透過廣播和 Podcast 節目「我們脫殼 Women's Talk」，訪問了許多傑出女性。感受到現代女性的細膩和堅韌，尤其在她們有了更大的舞台和機會時，耐力和暴發力都很驚人。

就像洪蘭教授，雖然已年過七旬，但她總是活力充沛、思緒清晰，散發出的光彩總讓人忘記她的年齡，關鍵就在於心態。在我的訪問中，她曾告訴我：「如果你不在乎，那就無所謂。」年齡是我們心理的狀態，而非身分證上的數字，因為時間會換來智慧與風度。我尤其喜歡她說的：「皺紋，代表你曾經有過笑容。」

還有「罕病天使」楊玉欣，雖然罹患「三好氏遠端肌肉無力症」，無法自由行動，生活上的大小事都需要別人協助，但她選擇堅強面對，更憑藉著無比的信心、樂觀與勇氣，全力為弱勢族群發聲，成功推動了許多相關法案。

女力躍升，贏得自己

從兩性的角度來看，女性在職場使出全力開疆闢土，不是為了打敗男性，而是贏得自己。兩性之間不應該是對抗，更不是零和競爭，而是協力共創美好家庭和社會的基石。

這樣的觀念和實踐不是憑空驟起，而是長期以來女性集體的主動努力，也有

＊東森財經等四大粉專二〇二二年底調查。

著男性在時代浪潮推進下的被動成全。

時代演進總是伴隨著許多新課題，習慣被核心對待的男性，或許突然之間覺得身邊女性跑得愈來愈快，女性也認知到更廣闊的天空。從男女面對變動的角度來看，不得不說，女性的「時代跨越」比男性「高竿」，前進的速度比男性快，改變的能力比男性強！

進一步分析背後原因，不難發現男女在職場發揮的基期不同、社會性平進步、女能優異迎來女力新時代……都為女力躍升提供了沃土和助力。

育齡女性依然活躍職場

從女性的勞參率，或許可以一窺女力時代，男主外、女主內傳統角色的微妙改變。

以前女性婚後為了生育與家庭，會選擇離開職場，女性三十歲前後的勞參率會開始下滑。但近年來，女性不再因為生育而離開工作崗位，尤其在中央和地方政府相繼端出育嬰假和各種育兒福利的政策牛肉後，愈來愈多新手媽媽會思考如何解決照顧和托育問題，而不是中斷職涯，退出職場。

從統計數字來看，勞動部的統計顯示，二十五至四十四歲的育齡女性階段，勞參率明顯上升，從二〇一一年的七七．五三％，上升到二〇二一年的八三．二二％。

這讓我想到，女力時代下浮現的另一個問題。

美國社會學家亞莉．霍希爾德（Arlie Hochschild）在三十年前就提出：一九八〇年代工業3.0後，「男性養家、女性照顧」的角色規範崩解了，但「男性養家」的轉變大（因現在多是雙薪家庭，兩性一起養家），「女性照顧」的角色轉變卻有限，也就是說，社會對女性照顧家庭和子女的傳統角色期待，仍然相對高。

如今三十年過去了，男性樂於當奶爸或分擔家務的觀念雖已經提升，但每個家庭的狀況仍不完全一樣。

在台灣街頭，我常看到年輕媽媽牽著幼兒的小手，背著自己的上班包和孩子沉甸甸的書包，催促孩子加快腳步過馬路。或者看到行駛中的摩托車，三頂大小不一的安全帽，前後兩個小孩和媽媽彼此緊貼，在車水馬龍中奮力奔馳……。

這些畫面總讓我一方面覺得有媽的孩子像個寶，也不禁想起自己年輕時工作和家庭兩頭燒的壓力和緊張。因為不論是現實的社會群像或隱約的價值期待，一直以來，女性還是承擔比較多的家庭照顧責任。

然而，女力的開闊和智慧就在這裡展現，周遭的許多女性，包括我自己，都把照顧孩子的責任和負擔視為母性和天職。

大部分的職業婦女面對家庭和工作蠟燭兩頭燒，並不會太悲情，我們就是盡力去解決難題，尋求外力支援。

男士們，如何工作與家庭並重？

勇於承擔工作和家庭兩個重擔的「雙軸」人生，以及重視自我實現的多元價值，是女力躍升的重要因素。

相對的，男性對於分擔育兒和家務的行動應該更積極。

當然，台灣的家庭生活中，許多男性也會幫忙另一半，但往往「未竟其功」，比如洗碗沒法洗到「骨溜」；比如聯絡簿只有媽媽會細看，偶爾爸爸代勞，大筆一揮，簽了名就覺得大功告成；學校老師有事也是先找媽媽……。

不過，女性往往不計較公不公平，也不爭論誰的付出比較多，我們反而會先釐清自己想要什麼樣的人生！這就是我說的女性的「時代跨越」比男性高竿。

當女性的角色有了轉變時，連帶的，男性自然也必須調整步伐，有新的認知和學習，家庭關係才能和諧向前。

因此，女性被問了數十年的大哉問：「如何在事業和家庭中取得平衡」，這個問題，該是時候由男士來回答了！

11 人生永遠有驚奇——擔綱動作片

無論在人生的哪個歲數，能做自己喜歡的事，
有夢就去追，難道不是一件幸福的事嗎？

從沒想過，年過耳順的我，竟然有機會擔綱演出動作片！全程電影規格拍攝，追、趕、跑、跳、碰全上場，每個動作都不輕鬆，我彷彿成了台灣版的「末路狂花」。

二〇二三年年中，全球共享經濟的開創者 Uber Eats，對我提出邀請，擔任台灣地區年度（二〇二四）的代言人，拍攝品牌形象廣告。

廣告的主導和創意發想來自 Uber Eats 全球廣告總代理——澳洲雪梨的 Special 團隊，廣告主角設定為資深的電視主播，為了保護新聞而被人追趕，冒著生命危險逃跑。這個主播角色由台灣代理公司推薦人選，最終選角和各項細節則是澳洲 Special 主管 Emily 拍板決定，再由她正式寫 Email 來對我提出邀請。

二十多年主播心情，全在廣告裡

我很難得接拍廣告，因為需考量的因素太多，但我本身確實是 Uber Eats 多年的使用者。最重要的是，這支廣告的腳本太吸引人了，劇情完完全全反映我在主播台二十多年的焦慮和幻想，場面驚險，過程張力十足，每一個畫面都讓我熱血沸騰。

廣告劇情是我在主播台上收到一份頭條新聞的機密文件，還來不及播報，眼前便出現一群來勢洶洶的黑衣人企圖阻撓我。為了保護得來不易的珍貴頭條新聞，我立刻緊抱文件起身逃跑，黑衣人緊追不捨，我有如末路狂花般不停狂奔，一路冒險犯難。

腳本出現的場景很多，非常細膩的分鏡腳本在開拍前已送到我的手上，整個拍攝過程就是按照分鏡來進行的。

我逃跑的路線頗曲折，從新聞棚到樓梯間，先閃過古裝戲演員的皇上和妃子們，然後又誤闖綜藝棚，穿過正在表演的男女嘻哈歌手，再跑出電視台後門，衝過擋住去路的一堆紙箱，最後奔入一條狹窄的巷子裡。

全力以赴，嘗試每一個鏡頭

開拍之前，我和 Special 經過三個月的 Email 往返和籌備，好不容易到了拍攝的日子，我才發現，實際的挑戰比想像中大多了，緊張的情緒開始浮現……。

影片拍攝完全比照電影規格和分工，有多達六十多人的拍攝團隊，還有兩位身材和我相仿的替身，一方面在我上場前先試跑給導演看鏡位，另一方面也是在必要的時候幫忙完成我難以達成的動作。

但是，我哪裡肯不戰而屈，我向導演要求每個鏡頭都讓我試試看，我……全力以赴！

不料第一個鏡頭就讓我吃了苦頭——穿著套裝在窄巷狂奔。但這還是全片最輕鬆的部分，想來導演和監製團隊，想先探探我的體能底線。

窄巷中，我被六個凶神惡煞般的黑衣人（其實每位都又高又帥，堪比威爾・史密斯〔Will Smith〕在電影「*Men in Black*」中的造型），不停狂追，我緊抓著機密文件，死命往前跑。

因為穿著主播的正式套裝，腳上是有點厚度的老爹球鞋，在窄巷中既要跑得快，又要雙手大幅擺動，跑出緊張感，對於「動作片新手」的我並不容易。好在第一個鏡頭是拉背，而且拉得比較遠，我跑了三次就過關。

有趣的是，說來真巧，拍攝團隊事前勘景時，選中了一條兩側牆上掛滿冷氣機的窄巷，居間聯繫的老友兼經紀人崔長華崔姊領導的「麗群影視」正位在這裡，我再熟悉不過。製作團隊於是商借此處做為我化妝休息的中繼站，加上當天天氣晴朗，真可謂天時地利人和！

末路狂奔，主播很有戲

正式開拍時，第一個鏡頭還算是輕鬆的，之後的難度和壓力不斷增加，一次比一次有感。

就像窄巷奔跑的那一段，導演拍完一開始的背面鏡頭，接著換成正面拍攝，我雙腳要快跑，臉上表情要驚恐，跑了兩秒後，要用力甩開黑衣人搭上來的一隻手，手上的文件更要全程抱緊緊。

每個人多少都有過明星夢，這可是我最接近演員的一次，要跑、要做表情，還要有動作！興奮之餘，我在導演說戲指導下，一次又一次精進演技，甚至主動要求再給一次機會，務求表情動作達標。

巷弄追逐還有一場最困難的戲，是我身上綁了 GoPro 的自拍棒，坐在接近地面的板車，兩名壯漢合力快速向前拉動，我在電光火石的一瞬間，決定以驚險的滑壘姿態，「咻」一下，滑過拒馬阻隔下的空間，繼續逃生。

因此我必須在板車行進間，兩秒內發現前方有障礙，立刻決心冒險滑過。我在板車上，右手抱文件，左手抓緊一個鐵桿以平衡身體，再急速向後下腰，從GoPro 拍到的鏡頭，就猶如是我滑壘通過拒馬下的狹小空間！

各位，你們說這容易嗎?!

所有的一切，我都是第一次嘗試，真實難度比腳本寫的更新鮮刺激，不是一個層次啊！但這是非常難得的機會，我一直很熱血地拍著每個「once in lifetime」（一生一次）的鏡頭。

慶幸平常有運動，接到這個邀請後，更是自主增加肌耐力和體能訓練，不必很高強度，但身體狀況必須更好，才能符合演出的需求。

一試再試，和大家一起努力

有一幕挑戰很大，是我快速跑下樓閃過古裝戲演員的皇上和妃子，因為穿著有厚度的老爹鞋，下樓梯容易跌倒，再加上要有速度感，我知道自己必須高度小心，要有效果，但絕對不能受傷，所以心理壓力很大。

導演原本安排了替身上場演出這一段，但我覺得自己可以試看看，重複跑了四、五趟，導演很滿意。還有一幕挑戰也很大，就是在黑衣人步步進逼的千鈞一髮中，我衝出電視台後門，衝過迎面而來的一堆紙箱，再死命繼續跑。

這堆空紙箱放在一個大推車上，送貨員正好推進來，擋住我的去路。雖然紙箱是空的，但是我必須踩上推車，同時用雙手和身體衝撞紙箱，再跳下板車，繼續火速跑進巷子裡。替身示範了幾次給我看，教我如何用技巧快速撥開疊好的紙箱，然後衝出去。

顯然導演覺得我狀況不錯，這場戲也讓我親自上陣，但每一次我一跑完，他就進來低聲地跟我說：「一切都很好，但是能不能再更快速一點，我希望『ㄅㄤˋ』的一聲，紙箱全部飛出去，然後妳很帥氣地衝出障礙向前奔去！」

看著眼前這位跟我兒子年紀差不多的年輕人認真的神情，我心裡想，「我難道不知道嗎？我還想當神力女超人呢！」

內心翻白眼的笑容只停留一秒，我立刻換上壯士斷腕的表情，很認真地回答：「好的，導演，我再試一次！」

是的，參與這項拍攝的每一個幕前幕後人員與創意團隊，都是如此的認真，我豈能不努力?!

有夢就追，何其幸福

幾度折騰後，我在休息室跟貼身的妝髮服小組說，參與這樣子的大製作時，會很感動，因為不論演員自己再厲害再棒，如果沒有專業分工，沒有拍攝和後勤的細膩規劃，沒有整個決策團隊的支持與協助，任何一個「明星」都成就不了！

我想起這兩天一直跟我有對手戲的一名帥氣黑衣人，忍不住問他：「你是特技演員嗎？你們的動作好強啊，跳躍、摔倒、奔跑、踉蹌……幫助了我，讓整個畫面更有張力！」我真心地讚美。

「我是演員，參加過一些戲劇的演出……。」他帶著點羞赧，也有著驕傲。

「我這次才發現演員也好辛苦喔！」我有感而發。

「不會，沈姊，我喜歡這個工作，我覺得很幸福。」他毫不猶豫地說。

多麼棒的回答啊！他用了「幸福」兩個字，一時之間，我感動了。

這次的拍攝過程並不輕鬆，三十秒的廣告拍了整整兩天兩夜，每一個鏡頭都得之不易，但**人生處處有驚奇，保持勇於追夢的初衷，「又一村」的風景就在「柳暗花明」處**。

尤其是在離開電視台，悠遊於新媒體多年後，國際知名品牌還想到我，我還能以主播身分「冒險犯難」，拍出三十秒的「動作片」，這是四十年專業所成就，更是六十後「白金時代」的實踐和激勵！

無論在人生的哪個歲數，能做自己喜歡的事，有夢就去追，難道不是一件幸福的事嗎？

走過一甲子的沈主播，人生還有另一場美好的驚奇，今天的我也好幸福！

12 在驚濤駭浪裡前空翻——大海給的一堂課

生活下一秒是緊張還是放鬆？明天過後是風和日麗還是風強雨驟？無須預測，老天爺的考卷發下來，好好答題便是。

勇氣這檔事，不是靠想像就有，必得身體力行。不老水手對抗驚濤駭浪的過程，完全驗證了這件事。

在鹽寮海邊，我把目光投向前方的太平洋，下午四點，氣溫不高天色仍光，海風吹拂。

我的腳步有點躊躇，但想回頭也來不及了。左右兩隻手被兩位壯碩的男士緊緊勾著，他們是「蘇帆海洋文化藝術基金會」的教練，即將協助我進行一場據說如「少年Pi的奇幻漂流」般的美妙海泳。

但我內心忐忑，突然有赴生死之約的壯烈。

肉身搏浪，挺進大海

這趟花蓮行——「不老水手之太平洋划獨木舟」由陳景怡號召，聽來很熱血，能有多難呢？何況本團女團員中，我竟是年紀最輕的，輸人不輸陣，報名時顯得一派輕鬆。

抵達海邊的第一天下午，先進行海泳，我跟教練說我沒有在海裡游過泳，教練說不怕水就可以，就是躺在海面上，有如無重力的自由漂浮。

這……也不會是難題吧？

只是我沒料到，海泳可不是坐船把人送到海面上。我們得徒步下海，穿越不同的浪區，以肉身搏浪挺進。

出發前，教練在白板上，繪圖詳細說明，進到海泳區前會遭遇到碎浪、平浪和捲浪，最挑戰的就是捲浪，和它正面交鋒時，要避開上方的浪頭，彎下身來從浪的下方穿越。

等我全副武裝，穿上蛙人的防寒衣，換上厚底的溯溪鞋，再將橘色救生衣緊緊扣上後，我開始覺得，這件大家說得興高采烈的海上活動，沒有我想像中那麼簡單……。

白浪滔滔，期待又怕傷害

第一位自告奮勇的是惠良姊，她曾經是北一女游泳校隊，身材健美，常隻身周遊列國，是身心都很強壯、獨立，很懂樂活的現代黃金女郎。有她當領頭羊，我們正好可以觀摩一下，看看迎風破浪，究竟如何帥氣瀟灑！

沒想到，雙腳踩入海水，原本穩穩前進的惠姊，第一個捲浪打過來時，她的雙腳一軟，雙膝就跪下來了。我們一行隊友在沙灘上遠遠看著，不覺都張大嘴巴

「啊！」了一聲，心跳也怦怦怦加速跳動。

惠姊不愧底子好，見過大風大浪，兩秒鐘後，她踩穩腳步發揮核心肌群，在左右護法的協助下，又如「旱地拔蔥」般，在海水中站了起來。

在岸上的我們鬆了一口氣，忍不住拍掌叫好，緊盯著她勇氣十足地一步步向海中前進。

捲浪一個接一個，沒有強大的心理素質，很難堅定穿越這波驚濤駭浪。站在岸邊的我，感受到愈來愈大的壓力，如果像惠姊運動員般的體魄，都不免艱辛，我的一雙鳥仔腳如何承受得住啊？

面對白浪滔滔，雖然怕傷害，也是很期待！

此行，我不就是帶著滿腔熱血前來的嗎？不老水手不就是勇於開創和體驗的精神嗎？

何況一切過程都有專業教練陪同，平時我的體能也相當不錯，不必太過緊張。

我跟自己的信心喊話，簡直就慷慨激昂。

大浪裡的前空翻

教練帶著我，從沙灘的碎浪區下海，看到第一個捲浪如萬馬奔騰，席捲而來時，教練要我先停止前進，然後他大喊一聲「蹲下！」我立刻踩穩馬步，彎身屈膝，希望穿越這個來勢洶洶的浪頭。

結果，嚴陣以待完全沒用！

瞬間，強大的水流「唰」地將我腳下的沙石全部帶走，雙腳下方秒被淘空地基，整個人往下沉，同一時間，捲浪的強大力道，讓我全身被捲到空中，跟著捲浪旋轉了一圈。

當下，我緊閉雙眼，明顯感受人生第一次做出了驚人的空中翻滾，實在來不及喝采或害怕，小女子我全神貫注與浪搏鬥。

兩位教練緊抓著我的手從未鬆開，我跟著浪頭再度雙腳落下時，兩位少壯水手，立刻將我拎了起來，讓我恢復站姿！

「很好，妳做得很好！」

我實在哭笑不得，我根本什麼都沒做，唯一就是告訴自己保持冷靜，相信自己可以挺過去。

生活的下一秒，無須預測

景怡邀我的時候，只說很好玩，沒說有困難，這個徒步下海搏浪的過程，壓根在我的想像之外。

但大夥兒全都挑戰成功了，不老團隊真是很強大，隊友年齡六十起跳，還有兩位已經進入從心所欲之年，「老人與海」2.0，教人心生佩服與感動。

人生不就這樣嗎？風浪的當下，唯有面對，再困難也無從逃避。事過境遷，回首一望，才知道自己的勇氣和擔當，比自己想像大得多。

我在幾個前空翻之後，終於進入了泳浪區，不老水手至此人生黑白變彩色。

這個水域的浪是上下浮動，不會將泳客帶離海岸。我們每個人穿著救生衣躺在海面上，身體隨著海水的韻律上下晃動，這天然的按摩椅屬於沉浸式體驗，

「海為床、天為被」，感覺太奇妙了。

幾分鐘前，我們才跟無情的浪頭搏鬥，幾分鐘後，迎來她的無私和溫柔。

生活的下一秒是緊張還是放鬆？明天過後是風和日麗還是風強雨驟？無須預測，老天爺的考卷發下來，好好答題便是。

躺在大海無邊無盡的懷抱中，深感海洋深不可測，蘊藏無限又讓人敬畏，教給我們這群行走在歲月中的不老水手寶貴的一課。

太平洋上直播日出

花蓮行的精采和驚奇不止於此，我還意外地在太平洋上直播了旭日東升的無敵美景。

第二天的活動就是海上獨木舟，這是此行的另一個重頭戲。

經過海泳的魔鬼訓練，在海上划船應該就是小菜一碟。

但天下沒有白吃的午餐，既然是看日出，領隊公告凌晨三點三十分起床，四點到基地換裝，五點推舟出海。

我從來不是早起的鳥兒，但既來之則安之，設鬧鐘起床，距離我凌晨一點入睡，才睡了兩個多小時，但精神良好，士氣高昂。

說到底，這趟旅行就是「出任務」，達成任務是最高指導原則。

摸黑回到基地，穿回裝備，這次已然熟門熟路。天色仍暗，距離日出時間五點三十分還有近一個小時。

海上獨木舟採一人一舟加一位貼身教練的方式，安全有保障。

我想著昨天海裡來浪裡去的情景，心想手機若要帶上身，恐怕是自找麻煩。

「教練，那我手機就不帶囉，本來想說搞不好可以直播分享日出……。」我略帶可惜地說著。

沒想到要出發到海邊的前一秒，和我一組的朱磊教練，伸手拿了我的手機放入他掛在胸前的一個透明塑膠袋裡。

「我有一個防水袋，幫妳帶著吧，到時候看情形再說。」就這樣，搞不好手機的我，就讓教練給搞定了！

五點過後，海平面上金黃色的光芒映照著海面的粼粼波光，美極了。我調整在獨木舟上的坐姿，將槳交給坐在後方的教練，然後雙手拿起手機開啟直播，沒想到網路訊號竟然相當給力，看到第一個網友的早安留言時，我確定直播成功了！

剎那即永恆，一機全世界

現代科技真不可思議，在電視台做過許多大型轉播的我，竟然在太平洋的一艘獨木舟上，靠著一支手機，將花蓮太平洋旭日東升的美景分享給全世界。

謝謝「同舟共濟」的朱教練，不是他的神來一筆，將我的手機丟進他的防水袋，這一場日出與網友的美麗邂逅，也就不會發生了。

清晨五點三十分，在花蓮鹽寮的太平洋上，太陽公公跳出了水平面，海水立刻染上一整片金色光芒，團友們的獨木舟圍成一個大圈圈，每個人都在直播裡微笑揮手留下回憶。

這一刻，剎那即永恆。

是偶然，也不是偶然，人生的每一個畫面，水到渠成也事出有因，無論旭日或黃昏，同樣美麗動人。

體力更好，心態更年輕，生活體驗更多元，**這一代退而不休的黃金族群，改寫了第三人生可能的樣貌。我們正用行動證明，年齡不是追求美好生活的障礙。**

「活力長者」不是形容詞，是現在進行式。

13 快樂三問——讓自己開心的方程式

對於熟齡人士來說，生活要健康，要開朗，最重要是要開心、要快樂。

雖然一直都很忙碌，但是從「知天命」的年紀轉入「耳順」之際，我也歷經過一段「賴床」和「心慌」的低落期。

不必再趕著朝九晚五的日子，「大人」們如何確保每一天都忙得有意義、有活力呢？

年輕的時候，這不會是一個問題，因為當下的工作，以及對未來抱持的夢想，把時間都填滿了，每天充滿幹勁，也有很大的成就感。

但退休之後，多出來的時間，如何有自信地填滿，讓起床的時候不遲疑、有目標？

學習——為生活添加柴火

別讓「生活」僅僅變成「生存」。

這句話一針見血，每每敲在我的心上。

對時間的運用，是退休生活很重要的課題。有自由，卻不是無所事事，有盼望，但不必汲汲營營。

「學習」新事物是為生活添加柴火的有效方式，周遭退休的友人們，幾乎都上起了不同的課程。

從園藝到金工，從繪畫到書法，從重訓到體適能……她們認真看待每一項課程，找到了年少時未能發揮的潛能和藝術天賦。

早期最受歡迎的電視喜劇「家有嬌妻」最美製作人翟瑞瀝翟姊，退休後學習油畫，令人驚豔。

她的油畫班就在我瑜伽課教室的旁邊，偶爾我會去探個班。油畫學員全是退休一族，眼神裡都閃爍著光彩，雖然大部分的人是第一次學畫，卻有模有樣，頗令人驚喜，她們想起小時候的美術課，都說那時畫得並不好。

這讓我很疑惑，自小不擅長的事，怎麼老來就突然變厲害了？

或許是心境轉變了，結果自然不同吧！

走過的人生，有過的歷練，讓畫筆和調色盤增添了生命力，豐富了想像力，藝術的人生也就得到啟發了！

讓自己和別人都開心

不讓歲月愈走愈虛空，我們確實可以透過新的學習，帶給生命新的篇章。

我如何在一早醒來，不要覺得自己又老了一天，而是為即將展開的一天感到開心和期待呢？

我將大多數退休人士渴望的「善用時間、多元學習、有成就感」，融合成一個非常簡單的快樂方程式——快樂三問。

孔子的學生曾參以「吾日三省吾身」來自我修為。「為人謀而不忠乎？與朋友交而不信乎？傳不習乎？」

對於熟齡人士來說，生活要健康，要開朗，最重要是要開心、要快樂。因此「吾日三問吾身」，可望提供新思路和解方。

每天早上醒來，就問自己三件事：

一、今天是否要過快樂的一天？

除非跟自己過不去，否則正常來說答案都是肯定的。那麼只要再問以下兩件事，做到就可以達標。

二、如何做一件讓自己開心的事情？

三、如何做一件讓別人開心的事情？

這個快樂方程式，執行起來簡單又具體。

所謂讓自己開心、讓別人開心的事情可大可小，重點就是一定要能明確地說出這兩件事，如果可以做到，今天也就沒有白過。

讓自己開心的事，應該不難找到。前面所說的「學習」，就可以是「為自己做一件開心的事」。

所謂「活到老，學到老」，學習確實是快樂之鑰。

快樂目標不必偉大，貴在日常

快樂三問，平實平凡，不在偉大的目標，貴在日常。串起每天的點滴，每週、每月、每年就可以匯積成生活的底蘊，也一定可以做成不少事情。

以某天為例，一早起來我告訴自己：

「我決定今天要過快樂的一天。」

「我要做一件讓自己開心的事情，就是完成當日寫書的進度，那讓我踏實有收穫。」

「要做一件讓別人開心的事情，要抽空出席世界女記者作家協會在華山文創園區舉辦的郎祖筠演說分享會。」

我和祖筠的父親郎叔有深厚的情誼，我主持兒童節目「快樂小天使」的時候，郎叔是最敬業的製作團隊成員，常常幫我們解決各種疑難雜症。他的女兒祖筠在劇團和戲劇界持續努力成績斐然，我自然要支持。

這三件事情當天我都做到了，事情無關大小，重點就是要很具體地說出來，並且完成。

這樣，一天的開始就有了執行的計畫和目標，一天之末就有了成果，沒有虛度，自然覺得很開心。

當天我做的還不只這兩件開心事，傍晚從華山文創園區離開時，我幫全家人買了老字號餐館「忠南飯店」的家常菜，經濟實惠，全家人都說好吃。

今天做的讓別人開心的事不只一樁，自己就更開心了！

再舉另一天為例：

承諾要出席在台中舉辦的「瑪利亞基金會」公益路跑的記者會。這是讓主辦單位和自己都開心的事，也是有意義的事，一舉兩得。

我從二〇一三年開始參與瑪利亞的公益活動，幫他們拍攝第一支募款影片，籌措興建「極多重障礙服務大樓」的經費，一直到現在為年長的心智障礙朋友籌建讓他們老有所養的「安老家園」，一路走來，已經十二年了。

記者會當天，我還碰到了兩位公益路跑的大使，是在奧運得過獎牌的台灣之光——羅嘉翎、黃筱雯，她們兩位都是我輔大的學妹，開心的事再添一樁。

快樂三問，有了明確的問題和答案，就很容易達標，甚至可以超標。

喜悅與希望，在生活的每個角落

我用快樂三問，請教了身邊的朋友，什麼事讓她們開心？

令人驚訝的是有不少人一時之間無從答起，思索片刻才說，就是到處走走逛逛，吃個喜歡的東西就很開心了。

一位朋友說她曾經問過另一半這個問題，結果得到「想不到什麼開心的事，每天忙著工作就是了」。

這實在是一個令人沮喪的回答，也太不在乎自己了。

要讓自己快樂，首先要認為「快樂是重要的」，有了追求快樂的意願，才能找到快樂的方法。

日本有一個名詞「Ikigai」，代表有意義的生活哲學，由「IKI」（生存），和「GAI」（理由）組合而成。Ikigai 比幸福二字多了踏實感，不需要高高在上，就是存在生活的枝微末節中。

一杯好咖啡，一部好電影，一場雨後的散步；為家人洗手做羹湯，選購貼心的禮物，公益捐款……喜悅和希望存在每個角落。

我們也是將要「老了」，才摸索著學習「老來健康」、「老來樂活」，但這些目標並不困難，**太多的「美事」一直存在生活中，我們只要用心地找出它們，並加以實踐，快樂必將源源不絕。**

14 跨代友誼——保持年輕的心

人生半百之後，除了老伴、老友帶來幸福感，新的朋友、新的領域，也會為我們創造新的風景和學習。

一段相識於高空飛航中的緣分，聽起來像是一件浪漫的故事，實則是兩個世代開放而真誠的心，擦出閃亮動人的火花。

這是我第一次主動去「追尋」一位僅有一面之緣的年輕女孩，也讓我們彼此的情誼，從空中回到地面，一直延續到今日，甚至讓我意外啟動首次的越南之旅，跟胡志明市的台籍教師和台商子弟有了面對面交流的機會。

不得不說，緣分很奇妙，它出於偶然，但也不是純粹偶然，很多時候是從過去到現在的點滴，在不知什麼時候匯積成流，澆灌了未來的新苗。

高空上的邂逅

二〇二三年初夏，我和女兒搭乘阿聯酋航空前往歐洲，要與在那裡開會的兒子會合，展開期待已久的德奧捷旅遊。

在三萬五千呎的高空航程中，一位美麗的空服員伊蓮娜，笑盈盈走到我的座位旁打招呼，表示很開心能見到心中的偶像。

這樣的場景並不陌生，我都會開心地回報以親切的笑容，相信她也是出於空服員的禮貌和良好的專業訓練。

沒想到又過了一段時間，伊蓮娜從她服務的商務艙走到我們的經濟艙前排，拿著她剛剛寫好的卡片，娟秀的字跡寫滿了一整張卡片，讓我有點意外，因為通常都會只是簡單幾句祝福的話。

卡片上熱情直率地寫著她曾經受到我的鼓舞，希望朝著媒體傳播之路邁進，雖然後來生涯規畫改變，但仍記得當時的夢想初衷以及我給她的激勵，讓她對未來有了目標，勾勒了美好遠景。

這張不僅僅是出於禮貌，更是情真意切的卡片，觸動了我。

一位年輕女孩大方、毫不扭捏地寫出對一位已經「退休」主播的仰慕之情。這樣真誠、坦率的態度，深深打動了我。我和女兒跟著這位剛認識的空服員，有了短暫愉悅的交談，雖是初次見面，卻好像熟悉的老朋友。

或許多年前，我曾鼓舞了她，而如今她的言語和笑顏，也如陽光般溫暖著我。

跨世代對話，正能量交流

高空航行中的短暫相遇，我和伊蓮娜相談甚歡，下機前卻忘了留下聯絡方式。

歐遊結束回到台灣之後，我不時想起這個女孩，雖然她的年紀和我相差數十歲，但她率真質樸的氣質，讓我覺得彼此不應該就此失去聯繫。

於是我主動打了電話到阿聯酋台灣分公司去找伊蓮娜，留下我的聯絡方式，如此「追尋芳蹤」，於我也是頭一遭，這應該就是緣分吧。後來終於順利聯絡上，我們在距離高空邂逅三個多月後，終於有了第二次的會面。

這次是回歸地球表面的首度約會，相差一個世代的兩人，聊得很盡興，沒有找不到話題的尷尬，我幾乎忘了對面這個女孩，和我不過是只見過一面的新朋友。

原來伊蓮娜是我高雄女中的小學妹，我們彼此又多了校友和同鄉的親切。她大學念的是企管，對從商仍有企圖心，現在的空服員工作雖是許多女孩的夢想，但實際上比想像中辛苦。她已經做了六、七年，為的是對工作、對自己負責。

伊蓮娜分享自己的成長故事，真摯有味，我聽得入神。

擁抱年輕人，收穫豐富

這些年，我一直很喜歡並保持與年輕人之間的溝通。在ＩＣ之音主持的「春風華語．聚焦台灣」廣播節目裡，我訪問過很多社會企業和新創公司的年輕

CEO，每一次與他們的交流，都能讓我與時俱進。

面對年輕人，我也會調整心態，提醒自己要從他們的立場來思考他們面對的問題。

在這個科技開創的時代，很多年輕人勇敢地跳脫原本在大學主修的科系，或者是跨界學習，希望不斷增加自己的競爭力。

雖然對未來不免會感到迷茫，但還是努力地增加自己的底蘊，將觸角延伸到不同的領域，這些努力，在在都顯示他們感受到新的競爭時代已經來臨。

傾聽換來理解與體貼

我也樂於傾聽年輕人的想法，因為比起我們這個世代，他們確實面臨生存和發展上更大的挑戰。

就像這一次坐在餐廳裡和伊蓮娜的深談，再次印證每一顆年輕的心，不像表面上顯得那麼無風無雨。

他（她）們願意跟父母分享的，或者願意在同儕之間表現出來的，往往只是一部分。

只有在互信的基礎下，兩代之間的溝通才會真正達成，並且促進彼此的了解。

伊蓮娜的談話，給了我幾個訊息：

原來有過的挫折多過和父母講的，報喜不報憂似乎是做為兒女的一種本能；

原來在自己的夢想和父母的期待中拉扯，這個「為難」從未消失過；

原來愛情總是充滿挫折，好不容易遇到一個彼此都喜歡的，父母的眼神裡總是缺少放心；

原來對父母的愛很多，卻開不了口，期待對方可以先突破……。

我突然覺得，現代父母對兒女的焦慮，或許存在一些偏見。現代年輕人對未來的規劃和努力，可能超越父母的想像，只是父母忘了「更新」思想程式，世界的途徑和景觀早就改變，我們仍抱著上世紀的航海圖，親子關係自然要迷航了。

父母應該給年輕一代更多的傾聽和鼓勵，健康的身心是快樂人生的基石，永遠比一味追求升官晉爵更重要。

緣分跨越時空，也跨越世代，伊蓮娜的一席話，讓我對包括自己兒女在內的年輕人，多了一分理解，也多了一分體貼。

前進胡志明市台灣學校

伊蓮娜帶給我的收穫不止於此。她告訴我，父親遠在越南工作，是越南「胡志明市台灣學校」的校長，近幾年帶著台灣甄選的教師，為越南台商子女的教育努力打拚。

校長知道我和他女兒的緣分後，十分驚喜，大力邀請我到「胡志明市台灣學校」去演講。

我第一時間婉拒了校長的邀請，因為寫書已經占去太多時間，海外旅行會中斷我的思路和進度。

但校長顯然不願放棄，也很有說服力，他認為這一趟海外拜訪，正可以給我帶來不同的靈感和觀察。

我被說服了，但相對的，要承受新增加的功課和壓力。因為每一場演講，我都要花很多的時間和心力來準備內容和簡報，這一次要面對離鄉背井到海外從事教學的台灣教師，還有當地台商的子弟們，對我而言很有意義，尤其更不能辜負校長的美意，準備自然要更周全。

為了帶去更多新創的教學方法，給海外老師們鼓舞和參考，我行前還特別請教投入教育領域多年的好友周慧婷，她任職的機構每年舉辦台灣創新教育甄選活動，有很多成功的教學案例。慧婷大力協助，幫我將個案和資訊分類，為我的演講內容增加了分量。

在江春仁校長的安排下，兩個月後，我踏進胡志明市台灣學校。一進校門，接待我的高中部學生大使，落落大方、口條清晰地為我導覽校園，感覺和台灣的年輕學生沒什麼兩樣，活潑開朗又可愛，我非常開心，跟他們在校園裡說說笑笑地逛了一圈。

接下來，我為學生和老師們進行兩場各為兩小時，不同主題的演講，分別以變動時代下的「新媒體挑戰」、「創新學習」和「創新教學」做為主軸。

老師們很專注熱情，給了我滿滿的回饋，他（她）們遠離家鄉為台商下一代和海外華文教育文化奉獻心力，真的很不容易。我講到喉嚨沙啞，還是熱情有勁、精神飽滿，看著他們一張張笑開懷的臉龐，我卻也讀出了鄉愁與思念。

另一場，台下聽講的學生年紀都很輕，不曾參與我從事電視工作的年代，但他們亦聽得津津有味，笑聲滿堂，也問了不少好問題，教我放了心。

世界如大海，年輕學子想取一瓢飲，愈來愈不容易，看著學生們求知若渴，滿是好奇心的眼神，我鼓勵他們，今後不論學習工具、方法和思維都要更新、視野要更開闊，因為變化莫測的時代，挑戰更加嚴峻。

開放的心，走出同溫層

越南之旅帶給我前所未有的經歷和感受，也是一場豐收的旅程，這一切源自與伊蓮娜相識的空中奇緣。

這一段緣分，我相信很重要的一點是，在面對不同世代、不同領域的人們時，無論對方的年齡和所屬領域，我始終都能保持著開放的心，並用真誠的態度相待，這樣的心態和實踐，應該也是保持年輕有活力的重要因素吧。

適時的走出同溫層，去結識不同世代、不同領域的朋友，聽聽他們的人生經驗和想法，自然會有意想不到的收穫。

尤其是人生半百之後，除了老伴、老友帶來幸福感，新的朋友、新的領域，也會為我們創造新的風景和學習。我期許自己永保開放、正向和寬容的心。

15 財務自主，是女性給自己的幸福

有能力賺錢、自由花錢，能夠健康理財、未雨綢繆，是現在女性給得起自己的幸福。

三十歲以前，我其實沒有太強的理財觀念，只覺得一直有能力賺錢，不就好了嗎？

想來果真「年輕就是任性」！對職場風雲、人生現實、時代多變，以及「不是只有自己好就好」的家庭和社會責任體悟尚淺……這些課題都在歷經歲月的洗禮後，才有了更深刻，進而更負責任的規劃。

尤其在新聞工作上，看到許多社會現實和起伏跌宕的人生，更讓我體會生活有基本需求，沒錢萬萬不能，但躁進的財富追求往往會令人陷入無可自拔的深淵。

我的理財心法

因此，健康的財務觀念顯得重要，錢不必很多，但不能沒錢花，光有存摺上的數字是不夠的，**要懂得理財，尤其老來不能再為基本生活擔憂**。

我非理財專家，也沒有太大的財富野心，但數十年下來，也累積了一些心法。

我只掌握大方向，無法斤斤計較小節，重點是有進有出的大水庫，水位不能快速下降，對於比較重要的投資損益，要了解來龍去脈、原因和結果，從中累積經驗，自我精進。

我時刻提醒自己的理財心法，大致可歸納為以下三句話：

一、資產配置，要細心；

二、投資非投機，忌貪心；

三、信用第一，好安心。

理財的前提是要有財可理，所以趁著年輕，腦力、體力和活力都還在相對高峰的情況下，要努力生產，提高職場競爭力，既享有成就感，又能厚實財務基礎，這是人生很重要的基本心態。

資產配置，降低風險，掌握獲利

首先是資產配置，這是因應個人的財務狀況，把投資分配在不同的標的，也就是不把雞蛋放進同一個籃子的概念，是一種降低可能風險，但又不失去獲利機會的理財觀念。

現在的投資工具和產品太多了，願意學習並且拉長時間軸做長期投資，可增加自己的理財實力，也是相對穩健的做法。

例如，不把資金都放在獲利高，但風險也高的投資組合上。

年輕族群願意承擔比較高的風險，因為寄望拚到高收益。而年長者力求保本與穩當的生活，就會採取相對保守的理財方式。

銀行現在都會讓客戶填寫風險評估，最好據實作答，才不會為了買獲利較高的基金或金融衍生性商品，而承擔了過高的風險。

投資貪心，代價慘重

第二句心法——投資非投機，也很關鍵。

我們很容易看到別人投資在某一個標的賺錢而眼紅心跳，躍躍欲試，但或許真相是這些熱中投資的朋友報喜不報憂，之前也已經付出了昂貴的學費。

投資不是賭博，也不要抱著投機的心態，貪心的結果往往會付出慘重的代價。

我有一位老友，工作努力也很有專業，自知對理財一竅不通，因此把買賣股票和黃金的操作全權委託給理專，買了什麼、賣了什麼都不知道，結果就是一直看到虧損的數字，造成心情上很大的壓力，自己到頭來也會覺得很不甘心。

對於不了解的投資標的，更要小心。例如曾創造很多年輕新富的虛擬貨幣，也讓不少不明就裡的投資人，大大摔了一跤。

不做功課，閉著眼睛想要獲利，就是一種僥倖心理，想要賭賭自己的運氣，結果總是令人失望的。

女性在投資上通常比較不貪心，投資組合相對穩健，切記不能完全不了解投資內容而全權委託給別人。那些懷抱著「一夜致富」心思失控的投資人，到頭來都要付出很慘重的代價。

信用，一個人最基本的財富

第三個心法——信用第一，是從小到大的習慣。

我一向重視自己的信用，這是父親從小身教的結果。

他對於財務管理非常嚴謹，和銀行往來保持鐵的信用。在父親的人生哲學中，「有信用」，是一個人最基本的財富。

所以，我長久以來的基本原則，是衡量自身財務狀況、量入為出，不過度擴大信用來做投機性的投資，畢竟財務是為了讓自己生活更安心，而不是製造無謂的麻煩和危機。

女力後盾——財務自主

女性獨立自主的角色愈來愈明確，現代婦女幾乎不會有人再說「結婚是為了找一張長期飯票」，相對的，愈來愈多女性即使進入了婚姻，仍然希望保有工作的產能和財務自主的空間。

對於現今女性財務自主的趨勢和表現，我相當認同。近年一份網路媒體所做的「台灣女性快樂指數」調查結果*，更顯示女性在這個議題上的看法一致和重視程度。

根據這份調查顯示，有高達四九%，也就是將近半數的女性，最在乎的是經濟改善；對於名列第二的健康身心只有二一%，遠遠不及經濟因素的重要性。

這顛覆了長期以來，男性主要扛起經濟重擔，女性則以照顧家庭為核心的傳統性別角色。

女性面對未來，婚姻和養兒育女不一定是選項，夢想成就和理想生活，不必尋求既定軌跡，這些時代開展下的思維和實踐，都讓女性必須以經濟力做為後盾。

也就是說，健康或許是最大的財富，但能夠花得出去的財富，能夠解決生活所需，進而提供多元生活選擇的財務，已經成為女性的最大共識了。

有能力賺錢、自由花錢，能夠健康理財、未雨綢繆，是現在女性給得起自己的幸福。

＊ 東森財經等四大粉專二〇二二年底調查。

16 認真過後，雲淡風輕

來到「知天命」和「耳順」之年，要能從心所欲不逾矩，靠的不是「認真」，而是凡事不要太認真。

都說認真的女人最美，我卻常被朋友嫌「太認真」！我覺得好笑，身邊的人一個比一個認真，在這個緊張忙碌又競爭激烈的時代中，誰能不認真呢？

好友的評論或許帶著玩笑，但次數久了，我也「認真」地回顧自己的行事脈絡，中間勢必有某些道理。

深夜十一點的功課

「認真」是稱讚，但「太」認真就有一種過猶不及的味道了。

我想到第一次上 Zumba 拉丁有氧課時，竟然跳到吐，同學嚇壞了，叫我不要太認真，慢慢跟就好。

其實是我中午有飯局，整整吃了兩小時，然後緊接著上課，當然也是想跟上老師和同學的節奏，跳得很用力，沒想到胃受不了，就吐了。

很沒面子，我只好一直解釋，是吃太飽，不是太認真。

回顧我的媒體生涯，「認真」確實與我常相左右。新聞瞬息萬變，不認真哪行呢？結合興趣的工作，更讓人熱情投入，工作是成就感的來源，並非只是謀生的工具。

我就這樣一路認真，樂在其中。

擔任晚間新聞主播的二十多年間，我每天下班回家，和兩個孩子互動、簽完聯絡簿，甚至用僅存的力氣講完床邊故事後，才到了屬於自己的「me time」。

洗完澡後，通常都過了晚間十一點，但我並沒有放鬆，一邊吃晚餐，一邊看著自己的晚間錄影，那是我每天要求家人幫我錄下的，為的是要完整檢視當天播報的內容節奏和新聞編排。

這個有如神聖儀式般的堅持，二十多年如一日，搞得負責預錄設定的先生也很有壓力，深怕停電或機器故障什麼的，漏掉了哪一天。

佩服太座敬業之餘，或許他的內心也有「何必太認真」之慨吧！

認真可以，偏執不行

我的認真，有時還伴隨著「執拗」。

主播時期，我曾靠著「意志力」撐過好幾次身體的不適，包括幾回聽來很不妙的喉嚨發炎。我在「念力」下，近中午進辦公室，「默默地」含著喉糖準備晚間，晚上上了播報台，竟然嗓音大開，完成「感性有磁性」的播報。

有一天，早上醒來喉嚨全啞了，吞口水都會痛，我聽到自己的鴨嗓竟然還覺得莫名的可愛。沒想過要請假，依然神色自若地走進辦公室，同事聽到我開口都驚嚇不已：「妳……妳這樣應該沒法播了吧？」

「放～希（心），晚桑（卡痰）就會好了（咳）……」我死鴨子嘴硬，氣定神閒地回應。

同事猛搖頭，不懂沈主播的自信和任性打哪兒來。

只不過，這次的嚴重啞嗓，終究沒有神蹟，我在下午四點，聲音沒有任何起色時，「當機立斷」請當天也上班、負責午間新聞的主播同事代班，才沒有因為自己的固執害了整個團隊。

沒錯，認真不是偏執，認真要考慮到團隊的運作順暢。

別糾結一時成果

二〇二四年四月間，我初次答應ＩＣ之音電台的邀請，在「AI EXPO」人工智慧博覽會中，為電台主持三場國際大廠領導人的訪談直播。

這場號稱國內規模最大的ＡＩ博覽會，由ＩＣ之音的母公司——《電子時報》（*Digitimes*）主辦，我自然拉高戰鬥引擎，不但仔細閱讀相關資訊，還要求製作人安排我和受訪來賓先開個視訊會議，彼此熟悉一下雙方的語速和風格；也要求和當天負責直播的工程人員開會，做沙盤推演……。

倒不是想把輕巧的直播當成電視節目來操作，但新媒體平台也有一些細節需要事先規劃，畢竟論壇直播和輕鬆趣味的網紅節目型態不同。

在小組同仁努力下，現場的訪談順暢圓滿，可惜串聯四個臉書的直播效果與我的期待相去甚遠，這中間和臉書演算法以及網友的收視習慣有關，這些疑慮我事先都有注意到，但礙於某些因素無法排除。

製作人事後對我的細膩和認真表達感謝。我過去會對結果耿耿於懷，但現在的我知道環境多變，大家都很盡力，有共同的目標是最重要的，我也學習著不必糾結一時的成果，要和團隊一起前進。

就這樣從電視媒體一路「融入」網路新媒體，大環境翻天覆地，但我的「認真」始終如一。

我也有不會的

每個人都有認真的面向，這必然是他（她）看重的人事物，不必別人叮囑就會全力以赴。

尤其是職業婦女，家庭和工作蠟燭兩頭燒，我們非得認真，否則容易兩頭落空。「認真」其實是自我鼓舞，成就加值的一種心理體現。

我和許多人一樣，帶著認真和努力的基調與歲月同行，自然也讓自己低空飛越一些可能的挫折，開展福慧與新局。

龍年開春時，和綜藝教父王偉忠在他的廣播節目裡有一場對談。四十年來，偉忠和我很偶爾才會碰面，但是默契和熟悉秒上身，畢竟同在電視圈太久了，兩人見面很能「答嘴鼓」。

我邀過他上我的 Podcast，禮尚往來，我到他的廣播節目，還 Live 直播。兩個資深電視人，在新媒體概念下，在電台的錄音室裡聊起走過的歲月，是回味，也是人生何處不相逢。

他老兄主持節目像個頑童，不忘誇了我「頭條點不到，油條點得到」的新廣告拍得很一新耳目，還說感覺我事事認真，樣樣都行，有不會的嗎？

我想了兩秒，很認真地給了答案：「我書法不行，很爛！」

沒想到，整個錄音室的年輕女孩們，瞬間爆笑成一團……偉忠還大笑到拍桌，一時之間竟不知如何回應。

我雙手一攤，聳了聳肩，我說的是實話，為何這麼好笑呢？

我數學不會，還有很多不會的呀……。

哈哈哈，我自己也被逗樂了。

自然，我明白他們覺得我太—認—真了，有誰會想到書法呢？

炙熱不再，餘溫尚存

電視點子王話鋒一轉，說媒體生態大變，我們想要回到過去，再做一個「炙手可熱」的人物，恐怕是很難了……。

沒錯，我們是回不去了，但歲月前行對每個人都是一樣的。曾經「可熱」，餘溫尚存，足矣足矣。

歲月更迭，人生四季。「認真」於職場是必須，但來到「知天命」和「耳順」之年，要能從心所欲不逾矩，靠的不是「認真」，而是凡事不要太認真。

沒有感傷，仍是感恩。

認真過後，學習雲淡風輕，歲月是最好的老師，她自然教會我們很多事情，認真的，不必認真的……。

第三部

在歲月裡淘金，
一閃一閃亮晶晶

17 流金歲月，自在前行

在自己的信仰裡勇往直前，生命因為超越自己而精采，
在我看來，都值得大大給個讚！

這些年，最難回答的問題是：「妳退休了嗎？好可惜呀！」

一開始，我總是忙著解釋，我沒有退休，還忙著很多喜歡的事情，只是時間更自由了，不必綁在一個職位上。

為何離開大家熟悉的主播台，我就是「退休」了呢？

就算從長年工作的職場退休，也不能從人生的舞台退休吧！

只要身體健康，腦袋還靈光，我希望自己永不退休，總能做喜歡的事，愛著可愛的人。

尋找生活裡的小彩寶

後來自己覺得好笑，何必解釋呢？

退休生活是許多職場中人嚮往的，退休後的生活更是天寬地闊，不必解釋白己想如何過日子，不必應付不喜歡的人與事，將時間的安排重新拿回自己的手中，「退休」是值得開心的事。

從職場上退下來的人們，不管是屆齡退休，有了終於等到的自由；還是提早離開一成不變的工作，朝人生多元可能跨出一步……這些健康和活力尚未稱老，思維和心態已臻成熟的黃金一族，對「退休」後的生活，其實更加用心。

我們都還留在歲月裡，而且時間愈來愈寶貴。

「流金歲月」，人生下半場，我們還得繼續淘金，淘的即使不是金山銀礦，

生活裡不時顯露的小彩寶，同樣閃閃動人，曖曖含光。

一位朋友說，突然不必上班，一開始有些心慌，不知道要做些什麼？於是她背上背包，戴上遮陽帽，去爬近郊不是太難爬的山。爬著爬著，腳力增強，也爬出了興趣，並結識了不少山友，一起淘出了過去不曾體會的「行走山中心自寬」的暢快。

人生下半場，先明白自己要什麼

「退休」，其實是開啟人生下半場的「重修」，一定要先明白自己想要的是什麼？先分享兩位非常有「定見」的朋友的故事。

龍君兒是六〇年代國片盛行時期的「俠女」明星，真正耀眼的大明星。前兩次的婚姻並不順遂，她毅然卸下明星光環，卻在空間設計和藝術創作中走出一條路，發掘了自己另一項才華。

我和她原本並不相熟，直到一次活動中相談甚歡，自此有了聯繫往來。

很少看到兢兢業業，對工作一絲不苟，對生活務實又兼具浪漫性格的星級人物，卻一直過著相當樸實無華的生活。

幾次面對龍姊，換我問她：「妳會不會太認真？對自己太嚴苛了？」兩人相視而笑。

二〇二三年八月，我趁著和朋友到花蓮進行海上活動的假期，特別抽空，拜訪了龍姊在舞鶴山上的夢想小屋。距離她在電話中告訴我，她相中一塊中央山脈山腳下的地，準備親自設計建造一棟山中小屋，當作給自己七十歲的禮物，已整整相隔了兩年又兩個月。

在我還來不及勸她別太衝動，先搞清楚各項法規時，龍姊和先生吉米已經賣了台北的房子，義無反顧地追尋人生的另一個夢想。

終於如約來到山上探望她，看著最後僅能蓋出的十三坪小屋，卻是如此溫馨雅緻，不顯局促；看著俠女臉上仍煥發著「也無風雨也無晴」的神采和笑容，我內心十分悸動。

語調輕柔，眼神明亮的龍姊，真正是人生七十才開始的典範。我們在臨時起意的直播裡，暢所欲言，我問得直接，她答得自然。

這段長達一個多小時的「熟女對談」，有一百多萬人次瀏覽，五萬多個心情、留言和分享。

我想，是龍姊的堅毅和走過人生的不驚不慍，引發了共鳴。

造訪舞鶴小屋的兩、三個月後，龍姊欣喜地寫來訊息，她被瑞穗鄉公所聘為文化創意總監，有了一個大約兩百坪的大工作室，未來將可結合在地更多藝術家，活化並且推廣藝術活動與展覽。

是金子就會發光，無論在人生的哪個年歲。

堅持夢想的龍姊盼到人生的另一片風景。

自由之外，保有學習和產出

人生究竟該在哪裡駐足，抑或繼續前進下一站？

自己才能給出最好的答案。

好友靳秀麗是另一個精采的例子。

六十歲提前從電視台退休，不但轉換跑道，更是跨界、跨高門檻，從一位資深電視人，歷經研究所修得心理學位、一千五百小時的心理諮商實習，最後通過國家級考試，成了一名執業的心理諮商師。

再圓自己一個夢的決心和實踐，讓我們從旁一路見證的朋友同感歡欣鼓舞。

至於我自己，耳順之後的歲月，雖然很享受自由，但還是希望保有學習與產出。從一個非常忙碌的媒體環境中退下來，要全然斷開工作，是不容易的。

因而，五年前田麗雲姊力邀到ＩＣ之音電台主持一個與環境永續和台灣競爭力相關的廣播節目時，我沒花多少時間考慮，就欣然應允了。

不習慣嗎？鐵定有的。

電台和電視台的製作規模、組織架構、播出形式都大不相同，但在網路傳輸和數位媒體日益蓬勃發展下，原本經營愈顯疲弱的廣播電台，倒是等到了新契機。

電台節目都可放上 Podcast 平台，聽眾可以隨選隨聽，也可以同時做直播，跳出傳統的聲音模式，只要一支手機，全世界的網友都可以搜尋到。

新媒體講究的就是輕薄機動，主持人也無須為妝髮服傷腦筋，簡單就是王道。酬勞自然不能相提並論，「價值」守住即可；團隊和經營理念甚佳，讓我感到愉悅自在；一週一錄，時間運用仍很彈性。

歸零，才能重新出發

重新投入職場，心態調整很重要。資深媒體人要願意歸零才能重新出發，桎梏和包伏都是自己給的，放不下過去的優勢，就無法創造新體驗。過程不是沒有糾結，要試圖保持平衡和開闊的心，才能重新篩出透著光亮的小彩寶。

無論做電視還是做廣播，我一樣認真，每個受訪的來賓看到我寫得密密麻麻的訪談綱要，都覺得很驚訝。

永續環保和競爭力主題很有社會意義，但總是比較嚴肅，對廣播熟悉自在之後，我便主動跟電台提議，推出了一個以女性訪談為主的節目「我們脫殼

Women's Talk」。現代女力確實能量飽滿，在每一位精采的來賓身上，我又淘到許多閃亮動人的歲月金塊。

或許有人覺得該享清福的日子，我們何必這麼辛苦呢？請不要替別人的人生下注解，生命裡的跌宕起伏，值與不值，自己最清楚。能夠忠於自己，在自己的信仰裡勇往直前，生命因為超越自己而精采，在我看來，都值得大大給個讚！

可以溫柔，也可以堅韌，在歲月裡淘金，一閃一閃亮晶晶。

保持心的流動，閃亮與光彩，無關他人，盡在自己的眼眸裡……

18 六十而麗，自得其樂

生日派對的意義，是歡聚與珍惜，

謝謝曾與我相伴扶持的家人朋友，那是我最珍貴的寶藏。

面對六十歲的來臨，比起以往，我心情的衝擊還是比較深刻的。無論我們喜不喜歡，六十是一個歲月的分水嶺，除了皺紋更強勢，皮膚更易鬆弛，往前看的日子，比往後看的日子少了。

我一直為六十歲的到來，做著設想和準備。比如爬山健行的時候，測試自己的體能，還毫不科學地打出高分，自評腳力跟十年前相當。

比如拿美肌 App 拍的照片和當年的主播照相比，暗自竊喜歲月沒留下太多痕跡……。

這種自我「放水」，無傷大雅也還算健康，六十扣關，怎麼開心怎麼過。

60+，自得其樂、自我成長

環顧周遭的朋友，不管60+，70+，乃至80+，90+……，許多年長者都是創意無窮、行動力十足的生活家。尤其女性在「自得其樂」與「自我成長」的實踐上，更優於總是放不下老臉的男性。

看看各個咖啡廳的下午茶、讀書會、線上線下課程，還有各種主題的旅行……，女性人數都高於男性，即使偶爾出現「少數動物」，有不少也是被太座強拉出來的。

現代女性確實更有自信，更懂得過活，而且活得自在帥氣。

年齡不一定是身分證上的數字，而是心情。過去，六十歲的女性被稱為「老嫗」，但如今六十而「麗」，老態可以離我們很遙遠，我們無需再背負傳統的包袱和框架，人生走到這時，不懂得放鬆自己，犒賞自己，更待何時？

人生新階段的儀式

六十歲，我決定為自己舉辦一個生日宴，邀請家人好友齊聚一堂。我不是喜歡大肆慶祝生日，或者麻煩朋友的人，但六十歲這一年，我想為自己做一件事，一種進入人生新階段的儀式感。

我登高一呼，全家人都為這個生日派對動了起來。

平常在美國工作的兒子，特別休假回到台灣參加母親的六十大壽，女兒正在美國學期中，也用手機錄製了一段祝福的影片。先生和我討論晚宴細節，決定安排Keyboard和小提琴樂師在宴會現場演奏，也讓賓客大展歌喉和舞藝。

另外，正式晚餐前，先在宴會廳外的吧台區，安排一個喝餐前酒的迎賓會，朋友們可以先聊聊天，拍拍照。

兒子擔任生日宴主持人，穩健自在，全程費心地為媽媽掌握宴會節奏，先生代表致歡迎辭，壽星則穿著粉色洋裝，感受人生一甲子的心情和大家的祝福。

面對一室的歡樂溫馨，在笑聲樂聲裡，我想起了父親和母親，希望二老在天上，也愉快地看著這一切。小女兒都六十了，在他們眼裡，我應該永遠是最小的囡仔吧！

歡聚與珍惜，生日宴會更顯意義

當然，生日派對的意義，不是只為慶祝或吃吃喝喝，更大的意義，是歡聚與珍惜，謝謝在人生長路上，每一位曾經與我相伴扶持的家人朋友，那是我最珍貴的寶藏。

我利用手機裡面的軟體，費心思地做了兩支影片。

其中一支是我和家人的生活寫真集，有兩個孩子的成長，也有和父母親的合影，回首來時路，家庭是我最大愛的力量和支柱。

第二支影片，是我從手機裡找出當天晚上所有賓客的照片，配上音樂和標題剪輯成「壽星發燒友」。我在播放之前誇口，如果有人發現自己不在影片裡，那就是主人嚴重失誤，可以罰一杯。

我有這樣的自信，是因為這些賓客大多是和我相識二、三十年以上的老友與同事，他們在我三十多年的媒體生涯中，都扮演著支持且友好的角色，我事前一一確認賓客名單，一個都不能少。

在我六十歲生日的這一天，因為這麼多好友的出席，更顯意義。

正式上菜前，我臨時起意，逐一介紹每一位朋友。賓客間有些互相熟識，也有些彼此久聞大名，卻是第一次見面，因為這場歡宴，成了新朋友。

我基於對他們的了解，當場信手捻來，流暢幽默地點出每個人的特質和專業，現場笑聲不斷，從未看過我現場主持節目的另一半，更是掌聲連連。

這一段來賓介紹，整整花了半小時，雖然上菜的時間因此延後，但藉由這個機會，也讓我回味了和這些朋友的互動和交情，彷彿重溫在媒體的一步一腳印，五十位賓客輪流成為主角，我對這個神來一筆，相當滿意。

儀式之後，從「心」武林出發

生日宴直到晚上十點多才結束，我一回到家，就將現場的照片和影片，一一傳給出席的朋友，大家的情緒也都還很 High。一直忙到凌晨三點，我的雙手才停下來，但心中飽滿，仍如夜色般瀰漫迴盪。

很開心自己完成了這一場重要的儀式，十六歲時沒有成年禮，但六十歲給自己的「年長禮」，儀式中有滿滿的感恩，也收到滿滿的祝福，這一夜永遠難忘！

時光如細沙從指縫中流失，但美好的記憶卻是永恆。這一場由自己主導的生日餐會，目的就是創造生命的印記，未來無論何時回首，當時的心情和景象都將清晰浮現。

生日宴後，接下來的生活才是硬道理。

一個人開始回顧與前瞻，與其說是老了，不如說是對歲月有了更加珍惜的心情。對過去，我充滿感恩，對未來，我懷抱信心。

我告訴自己，六十之後，不是一個人的武林，而是要重新面對一個人的

「心」武林。

60⁺的武林很大，江湖很遠，考驗的就是人生的修為和智慧，在完成難忘的儀式之後，蓄積了更飽滿的能量，我將大步前行！

19 老了，又怎 young ？

不論年齡的數字是多少，別對生活失去熱情和想像，展現生氣勃勃的活力，陳舊歲月包袱自然減輕。

什麼是「老」？

這絕對是個充滿想像、各吹其調的命題，每個人都可以有自己的答案。

日本作家村上春樹說過，人不是慢慢變老，而是一瞬間變老的。我倒覺得，**當一個人失去想像力的時候，就真的瞬間變老了**。

「老」是自然現象，要活得夠老又健康，要有足夠的福氣。

有趣的是，我們可以說自己老，但對於別人說自己老，總是難免敏感起來。二〇二三年年底，我好不容易才心動，擔任了國際知名外送平台的台灣代言人拍攝廣告影片，因為各項合作條件俱佳，代言任務和廣告成果讓我很滿意。

不過，在廣告影片上架之後，發生了一段小插曲，我將感想分享在臉書上，意外引起網友的熱議。

「妳都這麼老了……」

那是代言廣告剛推出後的幾天，在一場聚會中，一位朋友當著我的面質疑我拍這個廣告有必要嗎？我一時會意不過來，不知道對方的重點是什麼。

「妳都這麼老了，還要這樣一直跑，還跑那麼快，有必要嗎？太累了吧……。」她緊皺著眉頭，認真地看著我，還連問了兩次：「有必要嗎？」好像我幹了什麼不應該的事。

我的腦袋突然上緊發條，想要搞清楚她這句話是在開玩笑，還是當真？是幽默，還是嘲諷？

就在同一天，另一位朋友興奮地告訴我：「妳太棒了，體能這麼好，還能擔綱演出動作片！」

同樣一件事，竟然有這麼不同的解讀！

朋友們完全相反的看法，讓我思索良久。我想，對於年輕與否，我們內心深處當然還是在意的，而面對外來的各種褒貶和意見時，我們該如何平常心面對？

正面鼓勵，看待大齡新體驗

我必須承認，「妳都這麼老了……」這句話讓我走心。走心，不是因為朋友說我「老」，因為老或不老各憑主觀，無需別人論斷，這點自信和自我鼓舞還是有的。

讓我走心的是，老來應該心胸更開闊，若以一種質疑的口吻，來評論別人「老了」、「有必要嗎？」，不但突兀，也讓人覺得不舒服。

我認真回想了一下，記憶中我不曾（也不會）對任何長者說這樣的話，無論他（她）看起來多麼老邁，步伐多麼蹣跚⋯⋯。

這無疑是一句很沒禮貌的話，不是嗎？

而且，我都還沒領敬老卡呢！（此文寫於二〇二三年底。）

再仔細想想那一句「妳都這麼老了⋯⋯」

所以呢？我應該怎樣，不應該怎樣？

顯然那位朋友，對「老」下了判斷，而我違反了她的定義，引發她的質疑。

但她的質疑，並沒有讓我認為自己的選擇有什麼不對，相反的，反而給我新的領悟——我們不是只能聽好聽的話，拒絕不好聽的，但對於大齡友人的各種生活新體驗，正面鼓勵絕對比負面批評來得有力。

接受挑戰，為生命注入活水

人生走過一甲子，我也常在想，「老」究竟該有什麼樣子？

永遠的女神林青霞，這幾年勤於筆耕，寫出人生的不同篇章，跳脫明星的光環，心境和眼界愈見開朗高遠，和她的影視成績一樣令人驚豔。

她曾說：「我的人生，六十歲之後是個重新的生命……所以我今年八歲！」

這樣的生活實踐和體悟，多麼可愛又可貴！

矽谷鋼鐵人馬斯克的母親，已經七十多歲，當了半世紀的超模和專業營養師，她說：「不管什麼年齡，都要活出美麗和精采。」顯然馬斯克太太不理會「老」帶來的局限，想來她也不會跟任何人說「妳都這麼老了……」。

國際間不少元首都當到「七老八十」，他們要戰勝「太老」的刻板印象，要有更具說服力的能力和魄力，選民也不會只是因為年紀大就不給他們機會。

就像這回國際品牌和團隊相中我的，也不是我的年紀，而是一路走來，資深媒體人勇於改變、接受挑戰的態度吧！

接受廣告代言的邀請後，我在飲食和體能上展開一連串的自我要求。對我而言，這不只是一項代言，更是生命歷程中有了新的目標，生活中注入了新的活水，整個過程充滿許多學習，哪裡跟老不老有關係呢？

讓人變老的，是心態，不是年齡

隨著社會多元和日益長壽的趨勢，每個人都在各自的能力範圍內，希望擁有健康和樂活，我們應該彼此鼓勵，互相尊重。面對那一句充滿質疑的「妳都這麼老了」，我相信那位和我年紀差不多的友人並沒有惡意，她只是直率地說出她的想法。

我也沒有責難的意思，對我來說，更重要的是透過她的反應，讓我對自己有了新的提醒，走在人生下半場，如果限縮了對「年齡」的想像，屈從於「老年」給人的枷鎖，甚至還要對別人的嘗試和努力澆桶冷水，這樣的思維，如何讓樂齡生活樂得起來呢？

讓你真正變「老」的，不是年齡，而是心態。

所以，不論年齡的數字是多少，別對生活失去熱情和想像，對自己和對別人都一樣，多一點體貼、多一點鼓舞，我們展現的必定是生氣勃勃的活力，那些陳舊沉重的歲月包袱，自然會減輕很多。

20 六十五生日快樂——敬老卡，不卡

和歲月不能論輸贏，因為沒人能贏得過，只能論交情。
要她善待妳，妳便要先好好善待她。

人生有些時候，意外的「禮物」不請自來，是驚喜還是驚嚇，端看你如何看待。一日，我還沒回過神來，不知市府向我這位小市民賀喜所為何來？定睛一瞧，敬老卡的通知單，已翩然降臨手中。

蛤？所以我成了「官宣老人」？

內心抽動了一下，這一天這麼快就來啦！

我還沒準備老啊！

除了幾乎每天要繳的停車費和偶爾的罰單之外，很少感受市民和市府之間的關係，沒想到敬老卡這項福利的行政效率倒是頗高，一天都沒延遲，生日剛過，敬老卡通知單就寄達家裡了。

第一次感覺被個別關照，原來是被通知進入官方認證的老人行列。

可是我還沒準備「老」啊！誰說六十五歲就……就是老了呢？手上的通知單，被我捏出許多條皺紋。（妳也老了吧？哈哈哈。）

我的「垂老」掙扎，內心小劇場演得很過癮，這是我在異想世界的自問自答，也算是一種自我療癒。

年過五十就被稱為「老嫗」的情況已很少再發生，即使來到敬老卡的年齡，許多人士保養得宜，生活充滿各種可能，說我們六十五歲「仍是一尾活龍（女神龍）」，一點都不誇張。

只不過，在約定俗成的觀念或政策治理的角度上，六十五歲被視為人生的分水嶺，很多國家以此為法定退休年齡，高齡者的相關法令和福利制度也以六十五歲為起點，例如讓資深公民享有交通和休閒活動等各方面的優惠。

六十五歲的儀式感

迎來敬老卡，人生從心理層面到社會層面被推入「老字號」，六十五歲生日快樂，特別有fu，儀式感在這一年也特別明顯。

幾位友人分別在六十五和七十歲這兩年歡度生日，生日會的形式從個人演唱會到藝文巡禮再到美食饗宴，不一而足，但同樣饒富意涵，展現女性面對歲月的從容和自信。

慶生活動裡，邀請的都是至親好友，分享的是一路走來的人生風景，壽星本人就是最佳節目主持人，又說又唱、行雲流水。

在人生旅途上，還有誰比自己更清楚有過的步履和旋律呢？

Tina是我的校友，也是成功的企業家，經營事業有方，同時重視凝聚家庭和企業員工的向心力，多年來一直有著好人緣。

為了迎接六十五歲生日，她精心規劃一場「喜迎六五」個人演唱會，演唱會當天，從小學同學到大學校友，再到各個專業領域的好友，兩百多人自北中南而來，氣氛熱烈。

一首接一首的歌曲，既是回顧也是前瞻，生命的點滴以愛串聯，在歲月行進中，虛心學習又努力開創。

另一位朋友 Susan 也是優質女力的代表。她的慶生會別出心裁，以支持藝文活動的心意，迎接人生的新篇章。在歲月流轉中，她勇敢承擔了考驗和重擔，歲月也在她年近耳順之時，回報另一場幸福。

不怠慢、不傲慢、承擔付出

對於不逃避人生功課的人而言，福慧從未遠離，只是用不同的方式，淬鍊我們的勇氣和韌性。現代女性的敬老卡，一點都不卡，無關老弱，是人生的第二春。

至於我，面對歲月不敢怠慢，不敢傲慢，感恩福報，也提醒自己勇於承擔、樂於付出。

領敬老卡的這一年，我手上的工作和旅行，早已從年頭排到年尾，一樣的忙碌，不知老之將至。

敬老卡的到來，讓我更以清澈之眼，看待人生四季。

三月底的東京賞櫻和五月下旬展開的北歐行，都是親子旅行。一對成年子女在海外求學、工作多年，仍心繫家鄉父母並樂於陪伴，這是我成為「老媽媽」後，最感欣慰的事。

而讓我壓力倍增的寫書計畫，在我拿到敬老卡的這一年，終於也完稿了，我筆寫我心，要給自己一個進階「成年禮」。

善待每個抉擇

時光流逝，確實毫不留情，這一年，距離五十二歲離開主播台，已經相隔十三年。

那是我人生第二度做出離開電視台的決定，離開我喜愛的工作崗位。十三年來，有時不免會想，如果真有平行宇宙，留在原來那個工作軌道的我，如今會有怎樣的心情？是新聞工作的積累帶來更大的成就感？還是不能自由來去、不能更貼近家庭和兒女的煎熬日益加劇？

歲月給我們最好的禮物是，人生可以不斷選擇，但不能重新來過，時間點不一樣了呀！

時光一去不復返，歲月因此教會我們善待每個抉擇。

《改變20萬人的快樂學》一書作者拉伊・拉赫胡納森說：「基本上，人們是拖延著去過有意義而充實的人生，直到為時已晚。」拉伊的意思是，我們都太害怕冒險離開那份不滿意的工作，改去追求讓自己更開心、更有意義的生活。

於是我們日復一日，把「真正的快樂與享受」延到退休以後，卻沒想過等那天到來時，我們恐怕已經沒有足夠的精力和心思，讓嚮往的生活展現真義了。

看到拉伊的這段文字時，我感到自己被激勵，彷彿自己成了有勇氣、有先見之明的人。

但拉伊的說法並非適用每個人，所謂「更快樂、更有意義」的生活是什麼？在每個人的天秤裡都是不一樣的。

當年，我的抉擇更為難，我要離開的是一份我喜歡的工作，是外人覺得適才適所的事業，並非讓我不滿意的工作。只是進入知天命之年後，這個我原本樂在其中的工作，出現了束縛，而人生的天命出現另一個重心。

那時我明白，離開主播台勢必會成為未來的念想，但我也不想停留在原地，時間愈來愈寶貴，我只有這一輩子。

把握當下，別跟歲月論輸贏

拉伊的說法有兩個字很關鍵，那就是「冒險」。

大部分的人無法一味追求自己喜愛且所謂「更有意義」的生活，因為那通常不是帶給自己和家庭最大共同利益的選項，現實條件和安穩的生活，還是多數人的首要考量。

歲月的長河裡，我匍匐前進，保持自覺自省，家庭是我最大的考量，但我也不想失去自我。

能夠讓我二度主動離開電視台，再次瀟灑揮揮衣袖，是當年的環境給了條件和支持，也是因為年歲的增長，加強了自我追尋的力道，如果再早個三五年，這個決定肯定下不了。

所以，除了在元宇宙裡隨意改寫人生，吾人也別想什麼平行宇宙了。在一種抉擇中，想像另一種抉擇，可能是最糟糕的。把握當下，讓目前的情況更好，才是正向的思維。

和歲月不能論輸贏，因為沒人能贏得過，只能論交情。要她善待妳，妳便要先好好善待她。

歲月大無畏，我們小不忍則亂大謀，面對她不時丟出來的課題或難題，想要動怒回嗆前，先搞清楚歲月大神的提醒在哪裡？找對方向才能趨吉避凶。

與歲月過招，謙卑和學習才是最好的攻防。

最棒的歲月勳章

看著手中敬老卡的通知單，很難想像卻又如此真實。

那個和鄰居小女孩手牽著手上幼稚園的沈家么妹，就這樣走過歲月的洗禮，從進入電視台到進入婚姻；從職場女強人（我媽說的）到兩個孩子的媽媽；歷經媒體變革，時光和科技快速運轉……小女孩一路被推到了資深市民的此時今朝。

想到底，這張「敬老卡」得來不易啊！

雖曰「老」，實為「敬」，沒有扎扎實實活了六十五載，穿越無數個日月星辰，通過一個又一個不曾想到的課題，在不足為外人道的笑與淚中，繼續前行……這張卡也到不了自己手裡。

我們的青春、夢想、風雨、拚搏、愛與付出，全都鐫刻在這張卡裡了。

和歲月做了超過一甲子的朋友，即使有過齟齬、互看不順眼，總也愈來愈磨合了。

六十五歲生日快樂，敬老卡，不卡。它是自己寫下的勳章！

21 老夫老妻，默契莫氣

想要開心到老，「莫氣」很重要，
願意偶爾配合對方的喜好，創造「默契」也很重要。

生活裡有許多修行，婚姻關係絕對是必然的一環。如果歲月是把殺豬刀，夫妻關係就是磨刀石。生活大小事衝突難免，關係鈍化生鏽，必得不時磨利擦亮，才能讓日常問題迎刃而解。

另一半是神隊友還是豬隊友？大部分的時候應該是在這兩個極端中遊走吧，

稱不上豬，離神更遠。

畢竟婚姻裡的關係，並非一成不變，如同基金投資警語，過去的績效，不代表未來的績效；一時的獲利，也非永久的獲利。

想要降低風險，定時定額，拉長投資年限，應該相對穩健。這裡說的投資，指的是包容和愛，至於年限，最長就是一輩子。投資組合，如人飲水，只要自己覺得值得就好。

銀婚驚喜，玩很大

所謂包容，不要以為是委屈自己。配合對方的心意，很多時候會為生活帶來意外的驚喜。

結婚二十五週年的銀婚之旅，我想要重遊泰國普吉島，這是先生E知道的，但他不知道的是，我默默計劃著在海外重拍婚紗照，以為銀婚紀念。

我不動聲色在網路上找了一家當地的戶外婚拍公司，從聯繫到敲定時間都是先斬不奏，因為如果先詢問，男生鐵定覺得太麻煩，重拍婚紗也太做作了吧?!如果被他澆了冷水，我可能也就打消念頭了。

抵達普吉島飯店的第一晚，我才跟他宣布了這個彩蛋，他一時不知該如何回應，我就當他是感動到說不出話來。

當我們頂著攝氏三十五度的高溫，從下榻飯店坐車抵達海邊山間的一間大型鐵皮屋，看著裡頭排列整齊的兩、三百件各式禮服、兩位笑盈盈的化妝師，和一組看來像師徒的攝影師站在我們面前時，我終於確定沒遇到詐騙集團，海島婚紗看來要美夢成真了！

E覺得不可思議，原來我玩得這麼大！

海島銀婚外拍十分成功。我們在海邊、沙灘酒吧、造景鞦韆、泰國寺廟前，換穿了三套衣服。

整整一天的拍攝行程，E很配合攝影師的指導，一點都沒有為難的神色，讓我放了心。

事後，他說確實很感動，不知道我是如何安排這一切的。

他全力配合，並且希望拍攝成功，不枉費我的一番苦心，是他至少該做的。海島銀婚之慶，就這樣留下了許多美好的畫面。

配合對方喜好，創造歡樂

老夫老妻的日常，不見得愈來愈磨合，可能是愈老愈扞格。想要開心到老，「莫氣」很重要，願意偶爾配合對方的喜好，創造「默契」也很重要。就像旅行這件事。

年輕時，E常帶著我們四處旅遊，有了兩個孩子後，也有不少親子同遊。但近幾年，E對海外旅行覺得折騰，在家閱讀、到公園走路運動是最大樂趣。很多女性友人都有相同的感受，另一半退休之後，旅行和社交的興致都逐漸下滑。男人不知為何到老都喜歡「端著」，女人相對隨和，海闊天空，日子豐富多了。

各有所好，不必勉強對方，確實是互相給空間和尊重的相處之道，但生活中要有交集，才是老來為伴的真諦，需要雙方共同推進。

二〇二四年三月的東京賞櫻之旅，是女兒和我特地為E安排的。但到了東京發現花期又晚了，許多國際旅客都撲了個空。旅居東京的台灣部落客甚至一度形容，今年東京成了「櫻花沙漠」。

女兒臨時改變行程，租了一輛附帶司機的六人座休旅車，既然櫻花還沒開，那就前往富士山腳下的旅遊景點。

E對於東京賞櫻原本興趣就不大，我們一心為他，但從他的角度來看，出遊是一心為我們。

那這趟旅行有必要嗎？

很多事情，如果先問有沒有必要，通常就不會做了。但只有做了，才會顯現意義。

我們在車上透過視訊，和遠在紐約的兒子連線，一家人靠著科技隔空在東京的包車上團聚，老爹覺得有趣，出遊的熱度也升高了。

從東京前往河口湖，我們拜訪了淺間神社、忍也八海、大石公園，也到了幾個富士山網拍熱點——日川時計店前的十字路口，和河口湖車站附近應該是全球最有名的羅森（LAWSON）便利商店。

雖然老爹不懂一群觀光客蜂擁而至小小的街道，到底有什麼好拍的？但是，只要我們母女倆喜歡，他倒是一路捧場樂意跟隨，還幫我們拿提袋，提醒安全。

讓對方開心，即便不是自己的樂趣，都願意偶爾配合，創造共同的記憶和歡樂，這是老來夫妻必須互相給的體貼。

人妻不必再犀利

多數的職業婦女或許跟我一樣，年輕時和另一半各自拚事業又忙孩子，時間飛快，日子樂得，苦得，笑得，哭得……。

婚姻的實境秀，時時刻刻、日日年年上演，唏哩呼嚕隨著孩子的寒暑假，從小學、中學到大學、研究所，一、二十年像火車窗外的景色飛快消逝。

然後歲月來到退休生涯，不再需要大量工作隨時備戰，突然多出來的時間，夫妻倆的生活迎來新的篇章。

歲月本身就是壓力，老夫老妻面對各自的心理課題，已屬不易，在看到另一半也逐漸「年老色衰」，就更需要包容和體貼了。

這自然不是件容易的事，**年輕時打破砂鍋問到底的蠻勁，要提醒自己收起來，理直氣壯也免了，太耗費精力，養生之道不就是要「心平氣和」嗎？**

「莫氣」才能培養「默契」，這是「不再犀利」人妻的生存之道。

桂竹筍之亂

「桂竹筍之亂」說明了這個道理。

我將整個冰箱都翻遍了，前一天剛從超市買回來的一袋桂竹筍竟然憑空消失！

一旁的E試著安撫快抓狂的老婆：「是啊，昨天我看到妳整理冰箱時，那個什麼筍的，就放在這裡！」

還用雙手在廚房流理台上煞有介事地比劃了一下。

「會不會，妳不小心將它扔了?!」

這句話簡直提油救火，我忍不住提高嗓門：「我怎麼可能幹這種事？你覺得我會這麼離譜嗎？」我像被點燃的沖天炮，雙頰漲紅。

「很難說喔，人都有下意識不覺察的時候，上了年紀難免啦！」這位不知天高地厚的老兄，轉身去查看垃圾桶。

對於他的非常指控，我一雙白眼翻到天靈蓋，無力爭辯，重新將冰箱再找了一遍，那袋桂竹筍就是不－見－了！

「兩個垃圾桶都幫妳找過了，確實沒有。」E帶著無辜又很欠扁的語氣，宣布他偵查的結果。

我實在無法理解，整袋密封的桂竹筍為何就這樣人間蒸發？

我好不容易心生善念，想煮一道紅燒肉桂竹筍，這是E喜歡吃的，而我也好久沒下廚了。

雖然很氣惱，但我決定放下，不能卡在這件無解的事情上。

沒想到隔天，E竟然帶著一種偽裝奇怪，實則聽來心虛的口氣告訴我：

「呃，奇怪，我好像在冰箱裡看到那一袋桂竹筍了……」

我還沒聽完就打斷他說絕不可能！不要告訴我這種靈異事件，我絕不能接受！明明前一天我們兩人把整個冰箱和廚房都地毯式搜索過了。

「難道是你一時『下意識不覺察』，把它放在別的地方，發現之後又偷偷……」我想到昨天他對我的指控，決定以其人之道還治其人。

我還沒說完，E也立刻打斷我，頭搖得像博浪鼓：「我絕對沒有，絕對不可能！」這回換他漲紅臉。

奇了怪了，那桂竹筍如何長了腳，自己爬回冰箱呢？

同樣的對話，二十四小時後攻守易位，我差點沒笑場，這一齣實在太荒謬了！

但能怎麼辨呢？很多時候，生活裡沒有答案，桂竹筍之亂的「鄉野奇譚」，我如要追究到底，鐵定有得吵，「筍」人不利己。

當晚餐桌上，我端上了求仁得仁的紅燒肉桂竹筍。

以鬧劇始，以喜劇終，很可以。

必要時，閉上眼睛

老夫老妻，生活裡重新出現芝麻綠豆、雞毛蒜皮的新考驗。

一位朋友說，過去覺得因為擠牙膏等生活習慣不同，竟然鬧到要離婚，實在匪夷所思。現在面對一位生活節奏和脾性跟過去很不同的「老兒童」，只有提醒自己，必要時把兩隻眼睛都閉起來。

執子之手與子偕老，進入婚姻時的憧憬和誓言，倏忽身臨其境，才知婚姻裡的浪漫，只存在心中。

在另一半的眼中，我們也和年輕時很不同了吧，美嬌娘成了名符其實的「老」婆，或許常常把雙眼閉起來的是他們。

這麼想就太有默契了。

22 親子關係天長地久

人生該扮演的角色、承擔的責任，最好都不要偷懶，也不要有藉口，當第二次機會來臨時，好比重修和補考，要好好把握。

沿著舊金山近郊雷斯岬海岸線（Point Reyes National Seashore）的草原步道，我在天寬地闊中步行了近四十分鐘，不知安排行程的兒女要把我帶向何方？

兄妹倆對母親的體能顯然很有信心，我保持著微笑，心裡不斷鼓舞自己，跟兒女旅行就是路遙知馬力。

這個保留原生態的國家公園有最壯麗的海岸線，還有許多景區、景點和步道，光是遊客中心就有三處，一日不能遊遍。

但我們迎風前進的這個角落，幾乎人跡罕至，一路上擦肩而過的旅客，寥寥可數，他們臉上有著一抹神祕又篤定的微笑。

天涯海角，兒女領路

終於，行到水窮處，在步道終點，我看到了令人屏息的畫面！

一個木頭長板凳遺世獨立，孤單地（或獨霸地）坐落山岬的一角，旁邊是斷崖，擁抱它的是藍天白雲和一望無際的太平洋！

這就是傳說中的「天涯海角」了吧！原來這麼美！

大海、天空、陸地好似靜止一般，理所當然地存在，只有強勁的海風和心跳，讓我知道自己尚在人間。

天長地久就是此情此景了吧！

如果不是這段旅程，如果不是兒女領路，我是來不了這裡的。

即使在聞名遐邇的「雷斯岬海岸國家公園」，這個角落都不是個熱門的拍照打卡景點，我後來在官網和部落客的文章裡，也都沒有看到這處「End of the World」（世界盡頭）的介紹。

我獨自坐在長板凳上，望向眼前無邊無際的天空和大洋，周圍看不到任何其他旅人，獨攬這片三百六十度全景觀未免太奢侈。我終於明白剛才有點辛苦的「來時路」，有其必要和意義。

就像人生，未達目的地之前，總有迂迴和探索，也有疑惑和不安，只有相信自己、堅定地走下去，步履所至，才有全新的風景。

人生第一次全職媽媽

這趟雙城之旅充滿悸動，我的心情好似行駛在大海中的帆船，時而風尖浪高，時而寧靜祥和。

坐在「世界的盡頭」，想著這幾年的來時路，往事清晰，一幕幕浮上心頭。

五十歲後，和許多面臨中年危機的人們一樣，「跳脫過去生活的窠臼」、「找回自我的生活」的呼聲愈來愈大，我也終究離開舒適圈和成就圈，希望探索人生的不同可能。

就這樣，女兒曼達海外入學的第一個月，我人生第一次當起全職媽媽，最高興的就是上超市買菜、煮了晚飯等女兒下課返回公寓，報告一日見聞……。

這一個半月的陪伴很寶貴。

人生很多時候應該扮演的角色，承擔的責任，最好都不要偷懶，也不要有藉口，當第二次機會再來臨時，好比重修和補考，要好好把握。

來到灣區當個全職媽媽，雖然時間不長，我卻有許多觸動和學習。

那些日子，我擔心女兒是否適應全英文的大學環境，女兒擔心我從主播變煮婦，會不會很挫折？

我們彼此因為了解對方的心意，而有了一段貼心幸福的母女時光。

時隔多年，這次我再回到灣區，心情大不同了，女兒完成了學業，她送了一條好美的拓帕石手鍊給媽媽，由深淺不同的藍色拓帕石組成，像拍打上岸的海水，美極了。

這是她用暑假在珠寶專櫃打工賺的錢買的禮物，我很歡喜，這是女兒的心意。

這兩天，兒子安卓開車載著我和妹妹，回到妹妹就讀的校園拍了畢業學士服，母子女三人都很開心，也各有滋味在心頭。

我們也特地重返當年女兒和我初來乍到時的住處——位於 350 Arballo Dr 的 Parkmerced 公寓大樓。當時安卓已經到芝加哥西北大學讀碩士班，特地利用週末飛來舊金山協助媽媽和妹妹安頓。

五年光陰，親子共同成長

那已經是五年前的事。五年來，我們都進入人生的新階段，各自有了不同的經歷和挑戰。但親子之間也以更高的頻率和強度暢所欲言，擘劃願景。

兒女都說我太愛講道理，其實他們對我說過的話也很多，這是我們親子關係很重要的共同成長。

有一回，我在電話中，聽出來千里外的兒子有些失落和挫折，來自工作，或者也來自感情。

父母對兒女的某些問題，或許瞭然於胸，但有些時候我們不能點破，給彼此空間，是一種體貼。

以兒子的自信和捍衛愛情的理想，他人生的可能挫折，要由他自己發現和領悟。父母選擇不講比講更困難，但適當的鼓舞和支持還是重要的，我因而在手機裡留了一段話給他：

「我們都害怕失去什麼，尤其是自己喜歡的人、事、物，但害怕本身並不會改變結果，重點還是要把關注和學習放回自己身上。」

「迴避問題很可能做出錯誤的決定，而害怕讓我們成為更脆弱的自己。把害怕從心中移除，最好的答案就會出現！」

這是「旁觀者清」的安慰之詞。

其實，「害怕」也常在我心中浮現。

如果我沒有放下做了二十二年晚間新聞主播的工作，沒有再為人生下一個出人意表「捨得」的決定，如同當年放棄三個黃金時段節目負笈他鄉，那麼，50⁺後洗手做羹湯當起全職媽媽、出席兒子西北大學碩士班畢業典禮、這趟由美東到美西的雙城之旅，以及前前後後多次海內外親子旅行……都會變成一連串的「錯過」。

當然，我或許也「錯過」了另一段精采旅途，但人生「魚與熊掌」，不一定孰重孰輕，自己覺得值得最重要。

「如果當年不是這樣，那如今會是怎樣？」

正因為生命裡的抉擇，「千金難買早知道」，我們才會謙卑謹慎地向前奮進。

兒子的家書

不只是親子之間，兄妹倆在海外的這幾年也培養出更深刻的手足之情。

我想起 Covid 疫情期間，安卓大多的時間都是在家工作，因為在美國西岸待久了，他決定搬到東岸的總公司，感受世界第一大城紐約的不同風情。

行前他特地帶妹妹到加州的太浩湖（Lake Tahoe）旅行，寄了禮物和卡片到台北家裡，並且給我寫了很長的 LINE：

「……人生中總有不同階段，每個階段也都有不同的選擇。我沒有選擇離開 SF（San Francisco，舊金山），或是 prioritize something else（優先考慮其他事），只是在這兩個月去紐約 pay a visit（參訪旅行），主要是明年初就要回公司內部上班的緣故。

我很捨不得妹妹，但是妹妹也要學會長大，這也許是個很好的機會。況且，妹妹也有計劃來紐約，我應該有一整個禮拜的時間可以跟她好好在東岸晃晃。『人生是會有不同的階段，當機會來臨時，我們要準備好，去擁抱未知的旅程』，這是我寫給妹妹卡片中的一段話，我也分享給妳。

就像我在妳的卡片裡面說的一樣。這個家永遠不會失去我，無論我在哪個階段。我們的愛只會愈來愈多，儘管時間的分配總會面臨取捨。希望妳和爸以及妹妹都能夠理解我的決定。

相信妹妹成長許多，我也很期待看到她畢業之後更獨立的樣子……

送妹妹回家的那一天，整天都下著大雨。送完妹妹上樓後，在我發動車子要離開時，妹妹還特地跑出來，在雨中跟我揮手道別。

那一幕我永遠不會忘記……

謝謝媽給了我一個這麼體貼的妹妹。我會永遠陪伴她成長。

……相信爸爸很喜歡那個禮物，還有那張鯨魚卡片。鯨魚代表一家之主，在卡片裡我也寫到：希望爸爸更能照顧好自己的身體健康，他才能更加參與我們人生的精采時刻。

……

在教堂望彌撒時，爸爸難得地想跟我拍張照，並沒有戴墨鏡。他說：『我一直以來都是一個人（在教堂），偶爾看看照片也是不錯。』

這句話也加深了我想要回亞洲的決心！

媽，也希望妳喜歡我寫給妳的卡片，雖然字是醜了點。希望妳更注重自己的健康，然後放心地放手，對我，對妹妹，對爸爸，也對自己——希望妳每天都過得很充實，很開心。

妳放心，我們每週都可以通話，一切都跟往常一樣。人生不可能有做完百分之百充分準備的那一天，但我們盡己所能，去擁抱每一次的歷險，但求無愧於心。這也是為何人生如此有趣吧！」

無所求的父母？NO！

這封很長的 LINE 家書，我當時看了好幾遍。字裡行間可以感受到孩子的親情、手足之情，以及對家庭價值的重視，我很動容。

但做為父母也心知肚明，要把兩代之間的空間和距離留出來，親子關係天長地久，但也在不斷變動中，可期待但不等待，珍惜每天的陪伴是最寶貴的。

我們的父母輩，在家中大都有著極高的威嚴，含辛茹苦兒女都看在眼裡，「望子成龍、望女成鳳」不只是他們的希望所繫，也是我們做兒女力爭上游的目標。

曾幾何時，我們當上了父母，在這個傳統一再被顛覆的時代，「年輕人生存不易，我們要把自己照顧好」成了父母的「座右銘」。

父母們相互勉勵自求多福，變得既「識相」又「客氣」啊！

但老實說，我不想做個「無所求」的母親。

我們悉心教養兒女長大，說了多少寓意深長的床邊故事，擔了多少心，付出多少心力，到頭來卻默許他（她）們「父母會把自己照顧好」，這怎麼會對呢？

卸除了負擔的年輕人並不會過得更好，沒有能力愛別人的人，恐怕連照顧自己都有問題。

誰不希望做有能力的父母、健康的父母，不要成為兒女負擔的父母？

但是卸除兒孫的責任和願景，不該是我們的初衷！

我們從兒女身上冀求的，至少要有足以傳家的正念和愛心吧?!

生命的傳承，全力以赴

我坐在世界的盡頭，心思飽滿，感覺又迎來一段全新的旅途。

生命的傳承很奇妙，就這樣一棒接一棒，無論接棒還是交棒，彼此都要全力以赴。

「媽，要往回走囉！」

安卓和曼達的呼喚聲，打斷了「媽媽的多重宇宙」冥想。我起身，深深吸了一口氣，大自然的美景，帶來視覺的震撼，也帶來心靈的饗宴。

旅行是人生的縮影，探索的過程，有期待有發現，也會有挫折和失落。但只要能前進都是好的，前進就有契機。

母子女三人踏上歸途，莫忘來時路，這「地久天長」的一幕，將永留心坎。

23 美麗哀愁皆人生

我們要學著面對哀愁，要懂得珍惜美麗，
讓每一個當下，成就生命的感動與智慧。

人生由許多點點滴滴匯積而成，有些時刻，有些畫面，被歲月愈推愈遠，又被不斷發生的新課題和新場景碾壓，往往就從記憶裡淡去。

但也有一些過往的人與事，在人生繞了大半圈之後，因著某種機緣，再度浮現，讓我們重溫來時路，也因為時光流逝造成心境改變，當我們想起曾有過的風景時，總有不同的觸動，萌生更深刻的感受。

有了年歲之後，心情特別容易沉澱，好似在叮囑我們要珍惜每個曾經和當下。

當好友周姊告訴我，她家對面珠寶店的「史老闆」因病離世的時候，我震驚得說不出話來，怎麼這麼突然?!

許多感慨湧上心頭，原來，重逢是離別之始，偶遇也可能是最後一遇。

黃金歲月裡的美好記憶

不過是幾個月前，我和周姊經過史老闆的店門口，櫥窗裡的珠寶閃閃動人，尤其一串兩圈的黑銀珍珠項鍊，珠圓玉潤，散發著迷人高貴的氣質，我眼睛為之一亮，想到多年前在這裡為母親挑選南洋珠的美好時光，和周姊相視一笑，有默契的我們，決定推門進去看一看。

這一推門，距離上回踏進他們店裡，竟有三十年了。

是的，三十年！

時間就是如此不可思議的飛快。

這裡是我留學返台當上主播後，第一次購買南洋珠鑽戒給母親的地方，也是住在對面的周姊陪我來的。

鑲滿鑽石的波浪形底座，像是起舞的花瓣，閃著銀白光澤的南洋珠端坐在璀璨的花瓣上，如同母親的氣質，大氣而優雅。

這是一家知名的本土珠寶品牌，深耕市場多年，設計和鑲工都做出口碑。那些年，我在這裡陸續選了幾樣飾品，回報母親的辛勞，也犒賞自己。

我永遠記得母親每回收到禮物時的欣喜神情，從來都是她照顧我，幫我置辦打理，現在小女兒有能力回饋，還大手筆的送上珠寶，是孺慕之情，更是愛的禮物，母親自然十分欣慰又驕傲。

那是人生的得意時光，擁有熱愛的工作，精力充沛，對未來充滿期待和想像，還能夠在珠寶名店為母親選購禮物。

年輕的心神采飛揚，生命和生活的一切都如此美好，就像珍珠和鑽石般的閃閃發光。

偶遇，開啟幸福連結

後來，不知怎的，或許是結婚成家之後更加忙碌，也或許隱約克制著欲望，再也沒有踏進過店裡。

沒想到，一別竟是三十年，直到偶然的這一刻，迷人的珍珠，美好的記憶，帶領我再度敲門。

老闆不在店裡，一位相貌端正敦厚的年輕人和幾位資深的女店員接待我們。

我雖不復記憶，但她們都記得當年我到過店裡好幾次。幾位店員女士看來依舊美麗動人，體態身材保持得宜。

這中間，真的過了三十年了嗎？

我從三十而立到六十耳順，人生的情境幾番更迭，珠寶店還在，待我如姊妹的周姊，也還住在店家對面。

半甲子前的一幕再現，究竟是怎樣的起心動念促成？但無論如何，不變的地點、一樣的人，很有歷史感，也很有溫度。

或許有人通報，也或許史老闆剛好回來，就在我們正準備離去的時候，在門口和他相遇了。一樣的溫文儒雅，一樣帶著些許靦腆的笑容，雖然三十年過去，但我仍很輕易認出他的樣子，改變不大，除了花白的頭髮，神態一如既往。

相逢自是有緣，即使相隔多年，短暫重逢的我們卻沒有距離，馬上如同老朋友一般的談天說笑，雙方都很開心。

尤其讓我回想起三十年前，因為這家店而與母親有過的幸福連結。

聚散離合，當下難再

一段美麗回憶重啟，沒想到，哀愁緊接而來。

當時絕對沒有想到，這位有如老友般親切的老闆，竟會在幾個月後驟然離世。

相隔三十年的重見，成了最後一見。

周姊也很感傷相識數十年的鄰居就此遠颺，生活了大半生的街巷有太多曾經的人與事，難以忘懷的經典畫面再度浮上心頭。她想起年輕時與交情甚篤的小學同學，以及同住一棟樓的醫師娘，偶爾相偕走過馬路，到對面的咖啡廳喝個下午茶，或到史老闆的店裡逛一下，不一定買什麼，就是開心的三人行。

「我常想起那個畫面，三個開心的女朋友，在有陽光的午後，腳步輕盈地踩在斑馬線上，那時我還會穿飄逸的長裙，風一吹會飄起來……覺得好幸福！」

陽光、微風、青春，周姊記憶裡的「畫面」，已是近四十年前的事了，但如今美麗三人行已難復見。

人生，有太多事料想不到，很多「當下」，我們不以為意，但無常隨時會來，人與人之間的聚散離合難料，這一次的「當下」之後，可能永遠沒有下一次了。

學會面對，懂得珍惜

幸運的是，**每一個美好的「當下」都是曾經擁有，都是生命旅途中的養分，澆灌我們的心靈，豐富了我們的人生。**

史老闆和他的店，曾印證過我神采飛揚的青春，也曾是我與母親的幸福連結。三十年過去，雖然母親不在了，史老闆也已遠走，但過往的點點滴滴，都是我生命裡很珍貴的部分。

我更相信，生命總是在不斷地回首與前瞻，只要自己始終抱持著善意、心意和美意，即使「當下」不再重現，但人與人的緣分，最終都會以不同的形式，在不同的時空顯現意義。

就像幾個月前再度走進珠寶店，不只為那串閃耀著歲月溫潤光澤的珍珠項鍊，更重要的是重溫往日情懷，回憶起溫柔的母愛和年輕時的自己。

拉著母親的手，親手為她戴上戒指的畫面雖不再可得，但有過的場景和母親的慈愛，永留心底。

而史老闆的離世，雖然遺憾，我卻也在他生前重逢之際，與他重啟溫暖對話，回憶往昔，成就了一段美好的相遇。

「重逢是離別之始，偶遇也可能是最後一遇」，美麗與哀愁，不知何時現身，但這就是人生，我們要學著面對哀愁，要懂得珍惜美麗，讓每一個當下，成就生命的感動與智慧。

24 首相之怒——歲月與老人的無名火

在真實與盲目，在平順與挫折，在高峰與低谷之間，歲月不斷挑釁，讓我們傷痕累累，卻也不斷磨亮我們的人生。

老是自然現象，迎接老年的到來，既真實又殘酷。表面上，人們顯得一派輕鬆，但面對從外貌到體力，再到內心的多重改變，實則是很大的考驗。

法國作家西蒙．波娃在《論老年》這本書中提到：「沒有什麼比老年更確定會到來，但也沒有什麼比老年更讓我們沒準備。」

這位法國哲學家和女性主義作家六十歲時，以她的觀察和體悟，站在一個全面的思維角度來書寫老年。

成為另外一種人

西蒙・波娃認為，「老年」教人難以承受，大部分的時候，年長者被剝奪了生產力，而失去產能的老者，遭到社會集體的漠視。

邁入老年意味著：「我們在仍是自己的情況下，正在成為另一種人！」一種我們年輕時很容易忽視，並且不認為會降臨到自己頭上的「異種生物」。

令我感到驚訝的是，西蒙・波娃的這本書寫於一九七〇年，超過半個世紀以來，在世界快速變革，甚至翻天覆地的新時代，年長者在高齡化社會面臨的處境，和波娃筆下的不解和擔憂，並沒有太大不同。

年輕一代更難想像，除了生存競爭以外的情境，年長者被視為世代交替下的既得利益者而被排斥。動作遲緩的長者，即便有消費力，也常常被店家忽視，甚且歧視。

曾經的走路有風，如今擔心的是走路不能跌跤，我們確實難以面對，總覺得年輕瀟灑的自己「成為另外一種人」。

不要真相，只要漂亮

「這個手機的鏡頭真的很有問題，妳看看，這怎麼會是我？」站在鏡子前，指著手機裡我幫一家人拍的合照，E理直氣壯地說，鏡子裡的他是「對的」，但手機相片裡的他「老得不像話」！

我把嘴巴閉得緊緊的，心裡提醒自己，千萬不要回應，很多時候沉默是金，此刻正是如此。

幾次對我的手機照不以為然，E乾脆戴著太陽眼鏡在室內拍照，我死命要把他的墨鏡摘下來，告訴他如此「欲蓋彌彰」反而突兀，還是不戴好看……。

一次餐敘，朋友的先生們覺得有趣，紛紛找出墨鏡戴起來合照。

可見無論男女，對外表還是在意的。悄然爬上臉的皺紋和下垂的眼角，提醒著自己青春不在，儘管表面上我們都說歲月的痕跡是智慧的象徵，但還是會努力讓自己看來年輕。

愛美是人的天性，市場上愈來愈蓬勃的健身課程、保養美妝和醫美產業，可為明證。

這幾年，很多不敵歲月的「第一次」我也都經歷了。第一次戴上老花眼鏡；第一次在家補染愈長愈快的白髮髮際線；第一次牙齒「崩裂」，被牙醫師宣判要做根管治療；第一次上重訓課，核心肌群成為關鍵詞；第一次隱形眼鏡無法久戴，要借助人工淚液；第一次聲帶長水泡，醫師直接將長針刺進患部，將水抽出來。

連從未感受到的暈眩症，在〇四〇三花蓮大地震後，竟然也偶爾出現了。

歲月狂飆，誰能不暈車？

我哪能怪E在室內拍照要戴墨鏡呢？我看著自己Po在臉書上的「美照」，每張可都用了美肌功能啊！

在美化和真實之間，一位朋友說得暢快：「我們不要真相，只要漂亮！」看到網友留言稱讚我「都不會老」時，實在很心虛，我常常主動回覆是用了美肌鏡頭，以免在真實世界不期而遇時，給對方太大的落差感，自己的挫折感就更大了。

邱吉爾的畫像

難以面對自己的「衰」和「老」，古今中外皆然，凡夫俗子如此，英雄鐵漢更是如此。

Netflix的影集「王冠」，就有一幕直視老年的心境，令人印象深刻。要過八十大壽的英國首相邱吉爾，看著上下兩院合送的賀禮——由畫家為其所畫的肖像，竟然勃然大怒，甚且表明拒收。

畫家特地開車前往首相官邸詢問為何？

「那根本不是畫像，那是一個侮辱！」畫像裡是坐在椅子上的首相，龐大的身軀塞滿整張單人座椅，浮腫嚴肅的臉部和佝僂的體態，顯現龍鍾老態。

「這是個凋零、皮膚鬆弛的可憐蟲，不停用力使勁撐著……這畫是一種背叛、不愛國不忠誠，卑劣的攻擊！」耄耋之年的首相一開口，氣全來了，全身顫抖。

「這是藝術，與個人無關……您的妻子也認為畫像和您本人十分神似。」藝術家在編劇的筆下，有點白目，任誰都看得出來，這不該是一場「真相」之辯。

「這不是真實，這很殘酷。」首相被迫說出委屈。

可憐的首相，我站在你這邊。

「年紀就是殘酷的……」畫家也很執拗。

做為觀眾的我此時已經化身首相，很想對畫家扔去一只花瓶，吼上一句：「你以為我不知道嗎？要你來教訓我……」

觀眾太入戲，真的會傷身。

首相和藝術家各自陷入幾秒的沉默，像八十年那麼漫長。

「我不願隱藏或掩飾我所看到的……您不該怪我的真實，您應該怪自己的盲目！」畫家著了魔似的，繼續他的殘酷，這一幕讓我也跌進沙發深處了。

歲月帶來傷痕，也磨亮人生

這份賀禮因著畫家捍衛自己藝術作品的直言，意外燒出老人被歲月傷害的一把無名火。

劇中，邱吉爾真的將這幅畫像給燒了，然後下了決心，請辭已經因為高齡和健康不佳而備受壓力的首相大位。

所有看到這場對手戲的「老」觀眾，心中必然澎湃，我們既是邱吉爾，也是畫家。

在真實與盲目，在平順與挫折，在高峰與低谷之間，歲月不斷挑釁，讓我們傷痕累累，卻也不斷磨亮我們的人生。

有一回，與不常碰面的友人——藝術收藏家和藝評家簡秀枝一同欣賞北美館的特展時，她突然盯著我，正色地說：「時間怎麼過得這麼快！我從來不覺得自己已經六十多了，我內心一直認為自己還是三、四十歲，我還有好多事情要做……」她表情認真，困惑寫在臉上。

我完全明白她的意思，因為我內心也一直停留在三、四十歲，停留在那個最熱切、最有行動力，一切都無所懼的年歲。直到輪流出現的「視茫茫、髮蒼蒼、齒牙動搖」提醒著我，人生是不會永遠停留在某一處的。

年輕的心也有歲月在追趕。

我活著，但也老去。

這就是西蒙．波娃說的：「我們在還是自己的同時，成為了另一類的人。」

好在，我活著，但不常想到老去。

人生雖然不會停留在某一處，但「心」可以。**「老」沒有固定的樣貌，讓自己心態年輕，保持活力，比起只維持體態容貌的年輕，更有益處。**

我一直很忙碌，生活中填滿家庭、工作、休閒、公益、朋友、社團的各種事務；再加上看書、寫書、運動健身，以及沒有僱用幫手後多出來的許多家務……。

我「忙」著這麼多事情，「老」也得排隊慢慢等著。

身邊的朋友，也都創意十足地安排了各種新生活，這是我們「成為另一種人」之後的因應之道。

不想被歲月一路追趕，自己的腳程就要更勇健，不要自認年紀大了，這個不行那個不該，躊躇不前，限縮了生活的想像力和實踐力。

生命有限，生命力無窮

人生很弔詭，年輕的時候，所有努力都為了擁有未來輕鬆享福的老年生活，但等到我們真的所謂「退休」了，又不甘「老」了，懷念起年輕時候的忙碌，尤其是身強體壯的活力和青春。

就像我的藝評家朋友，有一天，我們都會發現「老，吾老，以及人之老」，從自己到身邊的伴侶、朋友，全－老－了。

為何我們如此驚慌？這不是我們早就預期的事情嗎？

我們就像劇中的首相，一生叱吒風雲，卻對付不了畫家筆下這個「皮膚鬆弛的可憐蟲」。

生命是個深刻的議題，終其一生我們都得面對，但從來沒有學校，沒有老師教我們上過這堂課。

這堂「生命學」，很大一部分也要我們自己摸索，因為從命題到答案，人人不同，在生命的試卷上，我們得到的題目和寫下的答案都將獨一無二。

這其實就是生命最奧妙的地方。

「成為另一類人並不容易，」西蒙．波娃提醒，但「我們都要過著參與社會的生活，持續追求賦予我們生命意義的目標。」

橫跨半個世紀，這位法國作家還是提供了現代長者很前瞻又務實的思維。

我一直用這樣的心情，做著自己喜歡的事情。

「生命」的長短不是我們可以決定，但「生命力」不管在什麼年歲都可以努力開創。

不必像年輕時，一定要追逐什麼了不得的夢想，有滋有味地完成小小的目標都很開心。

我活著，但不常想到老去。

25 不管「誰先掛」，留下愛，而不是紛擾

人生半百之後，談生論死是一種對人生的豁達和自省，既然人生無常，主動面對，才能去除自己和家人的疑慮和擔憂。

「人生就像打電話，不是你先『掛』，就是我先『掛』！沒什麼看不開的！」「崇她欣社」律師社長余淑杏演講的開場白，引發哄堂大笑，也觸動了我們對生死的思考。

預立遺囑和安排身後事，都不再是禁忌話題，多數人也有事先規劃別讓兒女困擾的想法，但是真要開口明說，總是找不到恰當的時機與場合。

生命有終日，想得開、放得下

就連我想和另一半討論這個話題，感覺也不容易。

總是有些迴避，不是推說「現在談這個太早了……」，要不然就說「妳擔心太多……」，或許他心裡也有所盤算，但並不想正面談論這個議題。

男人在某些時候，確實不如女性來得坦率乾脆！

先生是天主教徒，近年來，每晚都要花不少時間在睡前唸「思念救主耶穌之苦難與聖死」的祈禱手冊，他說因為我跟女兒還沒有受洗，他每晚唸經，可以帶全家人一起上天堂。

這是他的感性和「安排」，而我在這個議題上比較理性。

說到底，人生不就圖個活時盡心，死後安心嗎？

一位好友的另一半也是如此，頗有家業，卻對由哪一位兒女接班避而不談，他對兒女們力求公平，也希望跟每個孩子維持良好的親子互動，唯獨對接班議題採取拖延之勢。

對於「生命必有終日」的這個事實，人人都知道，但願意思考、面對，讓歲月成為自己的老師，從中學習想得開、放得下，讓身心靈愈走愈開闊，卻不是件容易的事。

角色轉換，思考遺囑

從四十歲開始，家中一個上鎖的抽屜裡，就有我手寫的遺囑，很簡單地交代資產、人生感言和對兒女的叮囑，壓上日期並簽上名字。

我當時並沒有細究，這樣的寫法和方式有沒有法律效力，只是因為兩個孩子分別出世後，我的工作高壓忙碌，不時還有海外出訪行程，腦海裡因而不時浮現是否該寫遺囑的這件事。

人生角色轉換，改變了思維，最重要的是責任加重了。

在四十歲之前，我從未想過要立遺囑，更年輕一些時，感覺寫遺囑是挺晦氣的一件事兒。

逼近四十歲時，工作上連續有兩次重要的海外任務，不知為何，突然讓我對人生有了高瞻遠矚的心情。

一九九七年香港回歸，我和新聞部節目組同仁共同製作採訪系列專題報導「失落的紫荊花」，當時我正懷著女兒，兒子才四歲。

七月一日，香港回歸，我們更在維多利亞港現場轉播英國總督離開香港，記錄東方之珠正式歸還中國的歷史性時刻。

全世界的重要媒體都齊聚在香港港區的國際媒體中心，很大的一個區域實施交通管制，新聞部FD小辛，陪著我走了好長的一段路才到碼頭，準備搭乘渡輪回九龍島，我體力甚佳，還在一處交通指示牌前拍照留念。

人生變動多，盡早準備

那一次的緊張與壓力，讓我思考新聞工作緊繃，再加上不可預測的臨時任務，女性媒體人已成為非典型職業婦女，沒有一般上班族相對穩定的工時和環境。

我的人生歷程，已從沈八妹的嬌嬌女，到獨立自主的沈主播，再到兩個孩子的媽，負擔與牽掛都跟年輕時不一樣，心裡想的就更多了。

再過一年，一九九八年十月，辜汪會談在上海和平飯店舉行，這個兩岸重大的歷史性會晤，各電視台都派出轉播陣容。在新聞部湯健明經理帶隊下，我和採訪團隊跨海前往轉播。

在和平飯店的樓頂，我們透過衛星傳輸做了現場實況轉播，影像和聲音訊號是否穩定，讓工程人員繃緊神經，主播和記者也是上緊發條，新聞工作的壓力不言而喻，一旦面對重大新聞，就六親不認。

當年兒子五歲、女兒還不滿一週歲，到海外採訪和連線，讓我有種拋夫棄子的感覺，因為新聞魂一上身，很難分心顧及「大後方」。往往直到工作結束，回台的航程中，思鄉之情才油然而生。

在飛機上，不禁想著兩岸關係風雲詭譎，變動中有開展，開展中有隱憂，人生何嘗不是如此？

辜汪會談出發前夕，我已想到寫遺囑這件事情。順利從上海返台之後，我根據自己的想法，親筆寫下人生第一封遺囑，鎖在抽屜裡面。之後每隔幾年，我會更新一下。

這樣做讓我感覺心安，無論有什麼事情發生，有了親筆書寫的遺囑，家人總是有所依循。

事後，我請教相關的律師，得知這樣親自書寫的遺囑是有法律效力的，因為以時間點判斷，當時是在心智正常的情況下寫立，當然有見證人更好。

談生論死，豁達自省

交代身後事或者是寫遺囑，不只是遺產的分配，每一項交代和決定，也反映了當事人的人生觀和心之所向。

一位新聞部的老長官，也是主播界的前輩，在臉書公開了他分別在七十歲和七十五歲時的生日感言，白紙黑字寫下對身後事的想法和交代，細膩、豁達毫不迴避，這真是一家之主留給家庭和子女最寶貴亙久的愛了！

人生半百之後，談生論死是一種對人生的豁達和自省，既然人生無常，主動面對，才能去除自己和家人的疑慮和擔憂。

遺囑的字裡行間，留給家人的應該是愛的資產，而不是紛紛擾擾的負債。

第四部

為自己編織一張安全網

26 無「網」不利的人生五根繩索

財務、健康、家庭、夢想、朋友這五根繩索是生命的基石，
願我們都能妥善經營，交織出堅韌的安全網，奠基人生下半場。

人生好比在高空走鋼索，一路都是挑戰，但再怎麼小心翼翼，難保不會遇到突然刮起的強風，落下的大雨，倉皇飛過的一隻小鳥，或一個閃神……都能讓你掉下來。

所以，為自己編織一張安全網很重要，讓心頭安定，也才能在各種狀況發生時接住自己、接住家人。

兩個孩子還沒進入社會工作時，我不時和他們分享「五根繩索」交織成人生安全網的概念。五根繩索代表生活中的五大面向，各有主軸也相互影響，它們隨著歲月和個人的努力，交織成一張「人生防護安全網」。每根繩索盡可能兼顧，愈堅韌愈好，這是複合型的保險概念，也是面對人生多重挑戰的開創性投資。

這五根繩索分別是：

財務：心安的底氣
健康：移動的自由
家庭：心靈的港灣
夢想：生活的願景
朋友（人際關係）：資源／快樂的延伸

五根繩索的優先順序，因著個人的想法和人生態度或有不同，但同時並進，風險分擔、堅實後盾是根本理念。

財富自由的背後，小心陷阱

五個人生面向看似容易理解，有的時候卻會讓人以偏概全，不知不覺中，人生的經營失衡、失焦，甚至失足。

雖然「健康是最大的財富」，許多人都會同意。但愈來愈多人以累積更多錢財為首要目標，尤其是「財富自由」這四個字，被喊得震天價響，奉為人生最美好的境界。

但小心，最大的渴望裡，隱藏著最大的陷阱。

二〇二四年初，發生了令人震撼的新聞，國內幣圈（虛擬貨幣）傳出重大的詐騙和洗錢案件，檢警調追查發現，涉嫌人對投資客戶行銷「建基於謊言和虛假承諾」，一夜致富的空中樓閣，前後吸金十億元。

遭到羈押的數名幣圈大咖，原本都是坐擁高學歷、高社經的所謂「人生勝利組」，卻在金錢遊戲中迷失方向、鋌而走險，面臨牢獄之災。

我甚至意外看到曾經相熟的媒體圈人名字，想到她有過的熱情和引人入勝的介紹，不禁心頭一震。

自信與賭性，哈佛精英也墜落深淵

早從二〇二二年開始，美國就有數次虛擬貨幣交易所突然倒閉的黑天鵝事件。創辦人都是被視為幣圈天才的年輕富豪，一夕被追捧，一夕被追緝，人生只緊抓財富之繩，一旦斷裂，直墜深淵。

這讓我想到，哈佛管理學教授克里斯汀生（Clayton M. Christensen）在《你要如何衡量你的人生？》一書中提到，哈佛精英畢業生各個走路有風，前程似錦，財源廣進，真正天之驕子。

但也有很多例子，忘了對夢想的追求，對親友的付出，生活少了快樂也沒了熱情。面對利害糾葛的選擇時，太過自信和一味求勝的賭性，不惜走偏道路，甚至違法亂紀……人生大逆行，重重摔跤。

這也是五根繩索時刻提醒我們的，踽踽人生路，有家可回，有健康相伴，還有著朋友和夢想，多面向的付出和回饋，讓我們更懂得珍惜所有，不至一時勢利、嗜利，誤入歧途，教人生一敗塗地。

家庭，永遠的港灣

家庭和家人，是無可取代的財富，讓我們奮鬥有目標，也是永遠的港灣。

兒子某次返台探親返美後，針對是否回到亞洲工作，可以多陪伴我們，透過LINE傳來了一段話：

「……身為兒子能做的，是如何能夠讓爸的後半輩子更開心，覺得他這趟人生值回票價。我當初在客廳和你們說了『如果我擁有許多財富但卻無法和愛我的人分享那又如何？』父親笑臉迎人地用力比了個讚，我心裡深知他也希望我能盡快回台北和全家團聚……。」

短短幾行字，顯示我們親子之間的愛與羈絆。那是一根強韌的繩索，讓我們牢牢被繫住，思念子女的心情更被穩穩地接住。

家庭是我們的心靈港灣和庇護所，是我們在困難時尋求支持和安慰的地方。維繫良好的家庭關係、培養家人之間的溝通和理解，是我們在人生風雨中永遠的避風港。

繩索相接，挺過生命難關

我身邊許多人都用自己的方式，默默耕耘著人生的福田，關鍵時刻必有報償。一位事業有成、廣結善緣的表親兄長，金婚週年慶的當天，竟意外從高處摔了下來，在醫院住了三個月，動了頸椎和尾椎的大手術，無時不在的全身劇痛，幾度讓他情緒低落、心情憂鬱。

人生的繩索這時展現力道，將他牢牢接住。靠著妻子兒女的悉心照顧，還有許多好友的輪流陪伴和鼓勵，這位常年布施的表親，正面回應了生命的試煉。他以強大的意志力，歷經一年的努力不懈，奇蹟式地恢復了大部分的健康！

表親發生意外一年後，我們前往他休養生息的農場拜訪。只見他除了行走尚需助行器支撐外，面色紅潤、思路清晰，對這段「在劫難逃」、「轉危為安」的生命歷程娓娓道來，令人感動又感佩。

如果不是拚鬥事業之餘，也善耕福田、重視家庭和朋友，這位表親在災難降臨之時，恐怕沒有足夠的愛與力量幫助他挺過難關。

夢想提供動力，帶來新風景

夢想是人生的另一根繩索，為我們的人生之路提供動力，驅動我們前進，帶來新風景。

不管年齡多大，都可以逐夢踏實。年輕時充滿企圖心和戰鬥力，老來仍有盼望、有學習、有追求，即使七老八十，依然要活得有滋有味。

年長者的夢想，可以用很多不同的形式和設定生活新目標來實現：文化志工、慈善志工、閱讀、登山、農作、宗教信仰、旅遊、藝術創作……都可以做為夢想，六、七十歲之後懷抱夢想、創業成功的銀髮開創者也大有人在。

回顧我們走過的人生，**健康、財務、家庭、人際關係和夢想，始終都是最重要的五根繩索，它們相輔相成，也分擔彼此的責任和風險**，當我們面臨人生的困境和挑戰時，這個安全網也會產出加乘的力量，幫助我們勇往直前。

眺望未來，這五根繩索依然是生命的基石，需要珍惜，也願我們都能妥善經營，讓五根繩索交織出堅韌的安全網，持續奠基人生下半場。

27 不讓財務網破大洞——遠離詐騙

科技前行無法回頭，我們唯有持續不斷學習，了解外在環境的變化，才是減少傷害的不二法門。

科技領航，帶來了「變時代」，也孕育了手法不斷推陳出新的「騙時代」。根據國泰世華銀行一份針對十八至七十歲民眾的調查報告顯示，高達七五％的人都收過詐騙訊息，三一％曾被詐騙得逞。這個比例不可謂不高，而事實可能更高過這個數字。

身處這樣的時代，人生安全網的財務大繩，比投資理財更重要的，是遠離詐騙。要為自己累積足夠心安的老本，需要很多努力和很長時間。只要受騙上當一次，半生心血可能就將付諸東流，十分可怕。

假帳號猖獗

社會新聞裡，不乏令大眾瞠目結舌、心生恐懼的詐騙案件。只是我萬萬沒想到，自己的名字竟然成為詐騙集團行騙的工具，而且一再出現，十分猖狂，「是可忍，孰不可忍」！

從二〇二二年開始，網路社群平台上不斷出現盜用我粉專照片設立的假帳號和山寨粉專，從推銷各式名不見經傳的商品，到突然集中火力的什麼「股友社」，手法五花八門。

詐團緊盯我本人的Po文，改寫類似的生活故事，盜用並「挑選」粉專上合適的照片，以感性的語調和網友搏感情，然後話鋒一轉，說是要帶大家又賺錢又做公益，誘騙網友加入股友社，真是讓人哭笑不得。

被同樣侵權的公眾人物可多了，知名作家、企業家、財經名人都深受其害。

我在朋友的建議下，除了在粉專發文駁斥、和經紀人崔姊開直播澄清、到社群平台檢舉……最重要的是到警察局報案，藉由這個程序來釐清法律責任。

要逮到背後的藏鏡人幾乎是不可能的，因為假帳號的ＩＰ都設在海外，我還看到有一個山寨粉專的申請人竟然是在阿爾及利亞。

誤信假訊息，差點被騙三百萬

各個社群平台都出現假冒的訊息和影音，實在窮於應付，必須一一透過所有平台的正常程序加以檢舉，要求下架假帳號，但這個過程曠日費時，而且下架一個，又冒出數十個，假帳號生成快速又沒有成本，詐騙集團就是亂槍打鳥，下架的速度永遠追不上新生的。

混亂的過程中，我自己的正版粉專還被詐團報復性惡意檢舉，竟兩度遭到關閉。真假不分、以假亂真莫此為甚，最後我還是循著平台的申訴管道，才得以恢復權利。

詐騙粉專「野火燒不盡，春風吹又生」，過程反反覆覆，非常惱人，我一度覺得很挫折，尤其不希望真的有人受騙。

某一天，我突然看到自己的名字出現在電視新聞上，斗大的標題寫著：「冒金鐘主播沈春華名義，警逮詐團車手」。

原來，南投一名婦人相信了詐團的話術，領出多年積蓄三百萬元，要交給對方投資買賣股票，好在婦人的丈夫察覺不對勁，向警方報案，警方立即布線埋伏，誘使車手前往婦人家中取款，一舉成擒。

我懸著一顆心看完整個新聞報導，慶幸婦人保住三百萬元，終於鬆了一口氣。

一．七億不翼而飛

所謂「當局者迷」，雖說誤信什麼名人股友社的民眾，可能太掉以輕心，但還有更多匪夷所思的詐騙手法，層出不窮，讓人防不勝防。

詐騙集團冒用財經名人《今周刊》謝社長的帳號，發出訊息邀請謝社長一位地產界的朋友投資，結果這位財力雄厚的地產大亨不疑「友人」的名號和專業判斷，連續匯款七次給詐騙集團，總共被拿走一．七億元之後，才驚覺受騙！

太誇張了吧！大家都覺得不可思議。

謝社長在接受媒體訪問時，也直言匪夷所思，因為這位地產大亨確實和他認識，兩人也各有對方的聯絡管道，互通訊息很方便。但是在整個「投資」過程當中，地產大亨卻從沒想過要打個電話和他本人確認，就頻頻匯款，詐團真是抽到頭彩。

信任、善良、想賺錢，其實都是正常的人性，有時會成為弱點，歹徒卻利用這些人性的弱點來詐騙，手法更是無所不用其極。

多年來，類似的詐騙一再出現。手機裡突然接到朋友求救或拜託解圍的訊息，說是突然面臨緊急狀況，希望先匯個三、五千，或者一、兩萬元應急。因為是「朋友」，金額也不高，在人情義理下，不少善良的人就這樣落入了歹徒的陷阱。

地產大亨失金上億，歹徒也是類似手法，只是情節和情境更加細膩「客製化」，大亨「情義相挺」、深信「友人」，出手豪邁非一般民眾可及，沒想到深陷歹徒圈套。

最該被譴責的，當然是罪無可赦的詐騙集團，我們都以為和我們聯絡的就是其人其名，卻沒想到這種想當然耳的「情感認知」，竟是騙局。

守好人生安全網

規劃財務，要拉長時間軸，切忌投機心起，慎防詐財的自我防衛更加重要，否則人生安全網破了一個大洞，很難修補。

我從自己屢遭詐團冒用名稱，到眼見許多民眾受騙失財，綜合警方和相關單位的幾項呼籲，整理出「1防2疑3打4答5勾勾」的口訣，希望和大家共同防衛人生安全網中，位居關鍵角色的財務安全網。

1防：「投資詐騙」高居所有詐騙類別第一名，各種理財投資的訊息要特別提防。無法證實是合法機構、無法聯絡到本尊的投資廣告，都要視為詐騙，不必起心動念。

2疑：非出自合法金融機構，非金管局核備，保證「高配息又保本」的投資商品，或者代操股票、虛擬貨幣獲利倍增的話術，九成九是詐騙。

3打：有任何懷疑，先打165防詐專線查證。切記，匯款前打165是查證和把關，匯款後才打，就只是檢舉了。

4答：銀行櫃員已經成為防詐的有效防線，面對櫃檯人員詢問提領資金的用途要確實回答，勿替犯罪者掩飾。

5勾勾：分辨是否本尊的臉書粉專，有一個簡易但常被忽略的判別方法，就是被暱稱為「藍勾勾」的實名認證。有藍勾勾的名人粉專至少有上萬甚至數十萬追蹤者，盜版山寨粉專人數通常只有數十到上百，很容易判定是假帳號、假粉專。

持續學習，降低傷害

身處變幻莫測的「騙時代」，面對任何訊息，一定要有所警覺和警惕。眼見不再為憑，所言恐非真人，已是現代人必須面對的重大課題。

尤其近年生成式人工智慧興起，我們所看到的一切，都可能是變造虛擬的，大大增加了防止受騙的難度。

在數位時代的虛擬與真實當中，這個世界是愈來愈文明了？還是愈加複雜難懂了？

無論如何，科技前行無法回頭，我們唯有持續不斷學習，努力吸收資訊，了解外在環境的變化，才是減少傷害的不二法門。

28 被動收入，主動學習

創造「被動收入」是正向的理財觀念，
前提是一定要做好功課，用心經營並保持警覺。

被動收入，是這幾年很流行的一個名詞，乍看字面，好像什麼都不必做，就能有源源不斷的錢進入戶頭。這四個字，被視為財富自由的一環，因為被動收入愈多，花起錢來比較沒有後顧之憂，也就更接近「自由」的境地。

尤其是50⁺之後，很多人進入退休或即將退休的人生新階段，不再有固定的工作收入，便會希望經由投資來創造被動收入，更會追求投資的高報酬率，確保老來手頭寬裕，過得開心。

但很多時候，被動收入或高報酬率的背後，潛藏著誤解與幻想。我們常以為只要一開始投下資金，之後就能高枕無憂「躺著賺錢」，卻不知被動收入並非全然穩當，一旦失去警覺，太相信高報酬，很可能沒賺到孳息，還賠上老本，甚至誤入「龐式騙局」（Ponzi scheme），辛苦積蓄換來一場空。

年息一二%？會不會有問題？

詐騙猖獗，幾乎人人都收到過來自各種社群平台的詐騙訊息，多數受害人是一時誤闖誤信，但是有很多更難以覺察或洞悉的騙局，甚至是我們興致勃勃地主動投入，以為可以賺進被動收入。國際間運營多年的投顧和基金公司，兜了一大圈，最終仍成為「龐式騙局」，就是典型的例子。

所謂「龐式騙局」，源自二十世紀初期美國的著名投資詐騙案。策劃者查爾斯．龐茲（Charles Ponzi）用高報酬率的投資商品吸引投資人，但實際上根本沒有透過投資來產生報酬，而是利用後期投資者的資金向早期投資者支付利息。

二〇二三年暴發的澳豐基金倒閉事件，我差點成為受害人，一位未贖回資金的老友損失了兩百多萬元本金，而這在眾多受害人中，只是小 case。

我不會盲目投資，總提醒自己做好風險控管。當年投資澳豐旗下基金，是來自一位擔任財務顧問的朋友介紹推薦，強調一切都是正當合法，年息有八%到一二%。

這麼高的投報率，實在誘人，當時我還曾經提問為何能有這樣高的利息？友人說這是利用大筆敲匯，賺取利差，發行已經很多年，不會有問題。

我本著「資產配置、多元投資」的原則，先後投入十萬和五萬美元。一開始有高達一二%的年息，後來降為八%，投報率還是高出其他金融商品。

共同認識多年的老友，後來也「心動不如行動」，將她到期的保險金投入。

基金配息後來一直很穩定，直到我投入大約三、四年後，我因為另有資金調度需求，決定全數贖回，先前介紹的財顧朋友，也說了句「贖回也好，投資總有風險」。

這一句話，跟她先前的說法明顯有了出入，正當我們還在琢磨之際，一直捨不得放棄高配息的老友，就踩雷了。

操盤老手也翻船

澳豐基金的停贖風暴，發生在二〇二三年年初，根據當時的媒體報導，該集團握有的資金規模高達千億元，宣告倒閉後，上萬名投資人連拿回本金的最後希望都徹底破滅。

我的老友，當時也是受害人，好在她每年的配息累積下來，也幾乎將本金拿回來了。只是我們從來都沒想到，在台銷售十多年的基金公司，竟然說倒就倒。

後來的新聞報導又顯示，澳豐基金受害的除了個人投資者之外，台灣有近十家掛牌上市公司也踩雷，而且決策者不乏金融界資深的操盤老手，他們對於各類金融商品的機會與風險，了解絕對比一般人深得多，他們也將公司的大筆資金投入，希望獲得高配息。

看來「高配息」果然誘人，連老手都會翻船，更何況是我們一般小額的投資者了。

投資境外基金，睜大眼睛

這個事件也讓我學到一個教訓，說到底「天下沒有白吃的午餐」，所謂高配息又保本的基金，基本上不可能，話術的背後都隱藏著沒說的祕密。

金管會針對澳豐風暴表示，澳豐旗下相關基金在台灣都是未經核備的金融產品，投資人透過國外開戶投資這類商品，都不在金管會管轄的範圍，一旦出事，只能自求多福。

這讓我想起，十多年前是在熱心的財顧友人陪同下，在電視台咖啡廳和代銷的財顧公司業務代表簽約，當時對於「境外基金」相關風險毫無所悉，完全沒想到原來自己的投資竟毫無保障。

「全球反詐騙聯盟」公布的數據很驚人，二〇二三年全球遭到詐騙的金額超過一兆美元，與二〇二一年相比成長二十倍！而二〇二三年全台遭到詐騙的金額也達到八十八億台幣。

值得注意的是，詐騙集團泯滅人性，甚至還從已遭到詐騙的受害者下手，在網路上成立假的「律師團」，以幫助被害人拿回被騙款項當誘餌，利用被害人不甘心的心理，對受害人行二次詐騙，真正可惡至極，無血無淚！

做足功課，用心經營

現在回頭想想整件事，這些打著「被動收入」大旗的金錢騙局，就是利用了人性的弱點——穩定的高利息，誘使投資人加入，但是沒提醒淨值有波動和基金公司倒閉等相關風險，當投資人只聽進自己想聽的「利益」時，風險就已經同時存在了。

當然，創造「被動收入」是正向的理財觀念，一份安全穩定又持久的被動收入，絕對是值得追求的目標，靠著被動收入而擁有美好生活的，也大有人在，前提是在追求之際，一定要做好功課，用心經營並保持警覺。

被動收入，不是什都不做就能達成的目標。在投資前或投資前期，要花時間、精力和資金去學習，不要以為錢丟進去就萬事ＯＫ，人生沒有不勞而獲的事，我們愈了解自己的投資標的，才能愈清楚地掌握風險與獲利，創造真正的高報酬。

即使投資到了穩定期，自己有了一定的理財知識和經驗，也要適度管理，必要時調整組合，把雞蛋輪流放在不同的安全籃子裡，確保被動收入的持續與穩定。

有些朋友被問到手上的投資標的時，往往兩手一攤，表示都是聽從理專或朋友的建議，自己知其然但不知其所以然，這樣的「盲從投資法」，偶爾踩雷失金也就不足為奇了。

投資理財是健全老後財務的重要手段，但所謂「你不理財，財不理你」，要有所收穫，尤其是創造「被動收入」，都必須當作一門功課，**「主動」花時間學習，「財」能趨吉避凶**。

29

傳播帶來新「震」撼——我們應該有的媒體素養

這真是一個不可思議的新媒體時代！
我們能做的，莫過於與時俱進的學習，培養媒體識讀能力。

在媒體工作超過四十年，我躬逢其盛見證傳媒的「歷史性三躍進」，這一路的變革至今仍是進行式，不斷寫下驚嘆號。

小時候，父母親每天仰賴報紙得知國內外的大事，廣播電台是娛樂的最主要來源；然後電視台出現了，播出各種節目和新聞，成了結合影音，深入家庭的強勢媒體。

後來我讀完大眾傳播系，順利進入電視台擔任主持人，接著出國深造，回國後投入電視新聞工作。

一直慶幸自己能有進入電視台的機會，但也不過就是二、三十年，網路數位科技興起，改寫傳播樣態和歷史的「新媒體」橫掃全球，昔日風光無限的電視台，被逼成了「傳統媒體」。

數位科技加速連結

我有時候想，古時候的人若來到現代，別說他們會驚訝到下巴掉下來，恐怕連如何出門都不敢。而在天上的父母親，對於當今這一切轉變和發展，他們的感覺又會是喜還是憂？

如果父母親還在世，二老看到許多人盜用我的照片，公然行銷各種根本不存在的商品，甚至誘騙大眾參加什麼「股友社」……一定會氣得血壓飆高。

但是很多生活上的科技應用，例如手機上點一點，各種日用品和食物就可以送到家，不必外出費時費力的採購，爸媽一定會覺得非常便利。

更深一層來說，科技改變了人類看這個世界的角度，以及接觸這個世界的速度。雖然網路帶來詐騙猖獗等負面的影響和隱憂，但智慧型手機和社群網路的普及，在重大意外發生的時候，發揮了前所未有的強大功能。

發生在二〇二四年四月三日，芮氏規模達七．二，震央在花蓮外海的淺層地震，對比二十五年前（一九九九年），規模七．三的九二一百年強震，就是最明顯的例子。

花蓮大地震，第一時間報平安

二〇二四年的四月三日，早上七點五十八分，一陣長達一分鐘，房子好似被抓住搖晃的劇烈震動，驚醒了整個台灣。

我和家人被搖醒後，雙腳沒來得及著地，驚恐指數瞬間飆高。

正在緊張之際，手機裡出現兒子從美國撥來的電話，他大聲問著：「有大地震，你們都還好嗎？」

我被這個不可思議的速度嚇到，難道他的手機也接到國家級警報？答案當然是不可能。

原來地震發生當下，他正好跟台灣的朋友在電話中聊天，同步得知地震發生，隨即立刻撥電話給我們。

這通即時的免費社群電話，在第一時間安撫了兩地家人的心。

接下來的半小時內，手機裡的社群和朋友群組迅速出現各種地震現場的影片和最新訊息。

從花蓮天王星大樓傾斜四十五度下陷，到大飯店泳池自高樓傾洩而下的瀑布水牆；從一大群機車騎士集體停在馬路中央，跟著路面上下震盪，到晃動不已的捷運車廂內乘客驚恐蹲下的畫面。

甚至美國友人也立刻傳來網路上蘇花公路大清水隧道前，整個路面斷落如刀切的照片……。

九二一強震，黑暗中等不到訊息

傳播變革的新時代，手機和社群媒體的普及，改變了我們獲取訊息的方式，讓我們更早掌握災變現場，一場地震讓人深刻體驗到，網路傳輸普及，人人皆可成為「公民記者」的數位威力。

我不禁想起一九九九年發生的九二一大地震，那時台灣的網際網路發展才剛起步沒多久，訊息傳播方式與現在截然不同，智慧型手機和社群媒體還在很遙遠的未來。當地震於凌晨一點四十七分發生時，電視台只能依賴地方記者的電話回報，陸續掌握災情，速度很緩慢。

當天凌晨前所未有的恐怖震盪，對媒體人是很大的挑戰和考驗，雖然明知一場非比尋常的災難來臨，但地震造成大停電，我們很難取得新的訊息，深夜時段，老三台已經收播，臨時開台也僅能提供跑馬燈和字卡的簡易訊息。

多數停電的家戶，更是處於完全的黑暗中，聽不到收音機、看不到電視，掌握不到任何訊息，陷入高度的焦慮與恐慌……。

我和新聞部同事一早陸續趕回電視台待命，隨時準備前進災區。當年手機尚未普及，臉書和 LINE、ＩＧ等社群媒體更要到二〇〇八年之後才進入台灣，急於到災區現場採訪的我們，一開始並不知道震央所在的埔里已處處斷垣殘壁，宛如人間煉獄，只有靠著地方記者不斷地回報，才能陸陸續續掌握災情。

黑暗中借車頭大燈ＳＮＧ連線

新聞團隊很快地從台北南下，成員包括主播、記者、ＳＮＧ車、工程人員，進駐埔里災區。在惡劣的環境中，採訪工作很艱辛，也親眼見證了救災的困難。每一分每一秒的守候，都是一場場生死拔河。當受困瓦礫堆中八十六小時生還的張小弟弟，被韓國救難隊員抱出來的時候，現場歡聲雷動，我們媒體記者都激動得紅了眼眶。

災區的新聞播報工作，更是一大挑戰。晚上要透過ＳＮＧ衛星轉播車連線報新聞，但災區停電，一片漆黑，什麼都看不到，如何連線？

所幸翟倩玫導播應變得宜，立刻安排駕駛發動採訪車，讓車頭大燈的亮光打在我身上。就這樣，我在沒有蘋果光，車燈光線刺眼又慘白，身旁還被一圈暗黑包圍的情況下，做了新聞連線報導。

回想當年的災區之行，環境惡劣、條件克難、資訊取得不易，跟當今隨時隨地可掌握多元訊息和影像的便利，完全無法同日而語。

〇四〇三花蓮強震同樣撼動全台，但數位科技已改變了世界，手機的強大功能提供即時傳輸，有網路和智慧型手機在的地方，就有如無數的SNG車，直播、攝影和傳送都能在最短時間完成。

培養識讀能力，辨別海量資訊

這真是一個不可思議的新媒體時代！

每個人都成為了訊息的提供者，人人都有如公民記者，每天我們點開手機，各式各樣的訊息出現眼前，但在海量般的訊息裡，夾雜著太多道聽塗說的假訊息，甚至有愈來愈難分辨的深度偽造訊息，為詐騙者提供溫床，成為新的隱憂。

既然無法從這個新的傳播時代脫身，我們能做的，莫過於與時俱進的學習，培養自我媒體識讀能力，簡單來說，就是養成幾個自保的方法。

二十多年前，我在公共電視曾主持兒少媒體識讀節目「別小看我」，這個節目由公視唐台齡組長籌劃，鄧潔擔任製作人，得過金鐘獎，也得過二〇〇一年在新加坡舉辦的亞洲電視節最佳兒童節目獎，非常受到肯定。

我是在當時公視和中視兩位董事長吳豐山先生和鄭淑敏女士的玉成之下，才得以在主播新聞之餘，到公視主持這個當時唯一的媒體識讀節目，非常感念。

雖然當時的節目內容，已不盡符合今日的複雜情境，**但我相信「媒體識讀」這件事絕對不會過時，身處訊息爆炸、變化飛快的今日，我們要擁有的是更積極的學習態度，以及更強大的辨識能力。**

首先，保持一顆好奇的心。面對新的訊息，不妨多問幾個「為什麼」。這不僅是對事物的探索，也是對自身思考的鍛鍊。當我們願意深入了解，便能在迷霧中辨識出真正的光亮。

再來，與他人分享和討論。無論是家人還是朋友，彼此的看法常常能帶來新的視角，也能建立起一個互相支持的網絡。

接著是，培養耐心。在這個追求快速回應的時代，面對任何訊息，要學著先停下來思考，別急於轉發或評論，給自己留些時間去查證，去確認。

最重要的是，要有基本的判斷力。當某則消息讓你感到疑惑時，或許就是一個警告。這種感覺值得重視，能引導你避開不必要的陷阱。

無論世界再怎麼變，對於真實的追求和對自己心靈的保護，始終才是最重要的。但願我們都能在這個變動的時代裡，找到屬於自己的「耳聰目明」！

30 年輕體態，「心動」馬上「行動」

看清人生四季，看淡富貴功名，看開恩怨糾葛，
只有擁抱今天的自己才是最實在的。

我一直有著「健康寶寶」的形象。

當主播期間，合作多年的工作夥伴翟導播在馬拉松式的選舉開票轉播結束後，看著我情緒依然高漲，目光炯炯捨不得收工時，總會讚嘆：「妳都不累啊？怎麼能一直活力充沛，腦袋清晰啊？」她啞著喉嚨，不解地看著我。

其實我回到家，也會秒變一條蟲，只想把自己塞進沙發裡。

健身，適合自己的最有效

工作是我的興奮劑，激發出好底子身體裡的蓄電潛能，關鍵來自運動，讓我保持健康和年輕體態。

這幾年，每當我在粉專分享自己學習單人拉丁國標舞、有氧體操或是瑜伽的影片，總會引發關注。許多網友留言，肯定我的多元運動和保持得不錯的體態，也有些好奇，我到底是如何保持動能和精神的？

人人都有一本健身祕笈，從飲食到運動，再到身心靈，都是名家薈萃，都有所依據。

我們也總是很好奇，所謂名人的養生之道，鐵定其中藏著鮮為人知的祕訣和法寶。

所謂江湖一點訣！經過這幾年自己的親身體驗和心得，真心覺得「道」不必遠求，最有效的健身，就是最適合自己的那一種。

隨著年紀和喜好的改變，方式可以有所不同，但最重要的就是持之以恆。

保持忙碌，沒時間變老

對於維持年輕體態，我自己的心得是——保持忙碌，沒時間變老。

身邊大部分的朋友，即使從職場退休，仍舊保持忙碌而充實的生活。她們或者開啟新的學習課程、成立讀書會、歡唱團，或者有規律地上健身房，寫作、繪畫、旅行……。

我也相信一直投入自己感興趣的工作和新的學習讓人更健康。錄製廣播節目、企劃 Podcast 節目、和新媒體平台合作網路直播、準備演講的投影片、參加公益活動、在臉書 Po 文和粉專網友交流……雖然忙碌，但都是我喜歡的事。

再加上家庭生活也要花不少時間，了解兒女的近況，給他（她）們適時的建議，關心照顧總是說自己「一切都很好」的先生。

這些和職場中不一樣的忙碌，讓我的身體和腦袋都處於活躍狀態，我利用時間，而不是被時間消耗，一樣有成就感跟快樂感，這確實是讓人保持由內而外相對年輕的重要原因。

放心耍廢，自我鼓舞

享受慵懶，耍廢是健康的。

這點看起來似乎和前面的敘述矛盾，其實不然。從全職場退下來，最大的好處就是擁有自由的時間分配，可以忙碌，也可以安心耍廢。

當心情有所起伏，甚至不開心的時候，樂齡女子無須趕上班，無須趕著接小孩，來場隨心所欲的放空、和好友下午茶、聽一場音樂會……都是讓身心靈平衡的有效方法。

我也喜歡一個人開車到湖邊，啜飲美式咖啡，望著湖水藍天，不想什麼，也不阻止奇思妙想浮現腦海，這樣享受閒適無為的自由自在，也是重返內心和自己對話的一種方式。

自我鼓舞，振奮心神的效果不輸一堂有氧舞蹈。

過了耳順之年，不可否認的，在某些清晨甦醒時的當下，會伴隨淡淡的低落，那是歲月帶來的莫名壓力，我輩中人很難迴避。

我會告訴自己，情緒來來去去，不需要太在意眼下的心悶，看清人生四季，看淡富貴功名，看開恩怨糾葛，只有擁抱今天的自己才是最實在的。

正向的自我鼓舞，終究每一個人殊途同歸，沒什麼不可放下的，讓心思重新飽滿，再度揚帆。

這個正念的訓練，和肌力訓練一樣重要！

選擇適合的運動

我雖然是個健康寶寶，但健康並非沒亮過紅燈。

主播工作最忙的那幾年，我曾經因為左耳「暫時性失聰」，在台北榮總住院整整一個星期。

歷經了心情的忐忑，很幸運地康復出院，至今仍然不知原因為何。但這次健康上的大警訊，提醒我不能再把健康視為理所當然，父母給的好身體，更應該好好珍惜。

每個人的身體都有某些特質，要適當了解，才能夠選擇適合自己的養生和運動方式。

例如，我的肩頸非常僵硬，不知道是先天體質，還是長年緊張高壓的新聞工作，再加上播報新聞時，我習慣坐姿和軍人一樣挺直，長久以來任何一位幫我洗頭、按摩過的美容師，都會笑著搖頭：「沈小姐，妳這個肩頸『硬叩叩』，這也要拿第一名喔！」

我只能苦笑。

我全身柔軟度極差，做瑜伽基本動作時，都很難達標。例如雙手交叉十指緊握，再將雙臂由內往外伸出去，有些同學能夠伸直將近一百八十度，我到九十度就卡住了。

妙的是，我雖然身軀僵硬，但又看似靈活輕巧，律動細胞也相當不錯，所以帶著輕快音樂節奏的 Zumba、拉丁舞步、結合有氧律動的簡易瑜伽，以及讓人舒筋活血增加柔軟度的太極導引……就成了我喜歡的運動項目。每每一堂課跳下來，大汗淋漓，消耗不少卡路里，也讓人神清氣爽，腳步輕盈。

運動，是對自己負責

天氣不好或懶得出門上課的時候，我自己也能在家裡一個小小的空間，做一些自創的「扭轉乾坤操」，身體就是自己的宇宙乾坤，在一緊一鬆的扭轉當中，達到緩解緊繃和深層呼吸的效果。

想像在清朗的天地之間，雙眼闔上，雙手向上輕輕握住，吸氣的同時，將上半身緩慢向左旋轉到底，短暫憋氣後，突然放鬆回到正中央，這個時候會伴隨著深度吐氣，感覺就好像把體內的廢氣都排出來一樣。

同樣的動作換成向右旋轉，反覆幾次，也會讓我感到身體發熱，眼睛明亮。

有一段時間我愛上走路，大湖公園外圍走個兩圈，大約有八千步，通體舒暢。走個三圈更好，提神醒腦，再補充足夠的水分，一整天就有滿滿的正能量，而且完全免費。

這些都是個人的體驗，每個人情況不同無需照單全收，最好也可以徵詢專業人士的意見。

當今社會的運動風氣和環境，提供了不同族群多元的運動選擇。

忙碌高壓的工作和生活，有賴積極的養生觀念和運動來抒壓並保持健康，才能享有愉悅的大齡或高齡生活。

養生和運動是一種對自己負責的素養，「心動」就要馬上「行動」！

31 太極導引——尋找生活中的寧靜與力量

這項古老的運動，是對生活的一種深刻詮釋，教會我們如何在動與靜之間找到平衡，在快與慢中尋找和諧。

這幾年很多人學起了太極導引，我也加入了，一來健身，二來練心性。太極課的老師據說是位武林高手，但我這個零基礎的菜鳥，倒不是衝著老師的名氣來的，主要是朋友相邀，小班制，打起來比較沒壓力。

老師在課堂上的闡述充滿哲理，融合了老莊哲學，讓學生回歸自然，感受到與天地運行的和諧概念。這些深奧的理念雖然讓我聽得入迷，初來乍到卻也難以體會，特別是在動作中展現其真諦。尤其，我是急性子，太極導引和有氧舞蹈，或是拉丁舞步 Zumba 比起來，速度慢很多，要能沉得住氣。

不拘泥外在，無須太認真

我原本揣想，太極課在練習的過程中，應該要專注於每一個動作，這種全神貫注的狀態，可幫助我們排除雜念，減輕壓力，提升心理韌性。

這也是我來上課的初衷之一。

老師說著蘊藏玄機的「巧門」時，好有學問啊，但我聽來卻「霧煞煞」。

比如，老師會行雲流水般地說：「不必拘泥外在的形式，要感受內在氣的流淌，無須太認真，好像有點漫不經心，但是要深刻的去體會……。」

我一向很認真，聽老師這麼一說，突然不知道不認真的太極該怎麼打。我瞥見老師的黑色上衣，明明就寫著「武林祕笈　三個字——練－練－練」。

課堂一開始，五名女同學坐在地板上，進行暖身動作。老師說要用尾閭帶動髖和臀的旋轉，並非只是身子繞圈圈，而是讓內在真正動起來。

很多的名詞，我一開始根本聽不懂，什麼底骨、尾閭、命門……我還以為是一堆中藥的名稱，常常一知半解。

但老師很懂得我們的心思。

「聽不懂沒關係，有個味道就行了，不是一定要聽懂……。」

蛤？聽不懂很有關係呀！我們處理新聞的時候，就是得打破沙鍋問到底。

我自然也不笨，明白老師的意思是練功夫要自己去體會，文字和言語的表達有極限，身體力行就有無窮的可能。

太極像生活，以退為進

又比如，老師會提醒：我們一般人很容易生活固化，生活固化就很難突破，上班的時候總是開很多會，總是很忙碌；照顧小孩子總是占據很多的時間，心有餘力不足等等。因為生活固化很難突破，所以要改變我們的氣勢。

條件具足了，氣象就會改變。

老師還會走到學員背後，使出洪荒之力拍打我們的背部，我第一次被拍打的時候，感受到力拔山河的震撼，十分驚嚇，但也盡量保持鎮定，一方面擔心骨頭會不會被拍散了，另一方面倒也覺得任督二脈可能就這樣被打通了。

老師看到我這個菜鳥兢兢業業的，也會不經意地提醒，不要過於重視形式，而是要感受內在空間的開拓。當然很多時候，我也覺得受益無窮。

老師說，太極像生活一樣，講的是拚搏，但實際上是以退為進。

就像超市裡很多的「惜福物」賣相看似不佳，但內涵豐富無比。

是不是很有意思?!

是雲淡風輕，也是情深意切

上了幾次課，我連幼稚園大班都還不是，但「很認真地不太認真」打一堂課下來，氣血通暢，大汗淋漓。

太極拳的核心在於「以柔克剛」，這不僅是身體上的技巧，更是一種心態的調整。**學會在生活中以柔和的姿態面對困難與挑戰，能讓我們在面對壓力時，保持冷靜與清晰的思維**。

我逐漸意識到，這項古老的運動形式，實際上是對生活的一種深刻詮釋，教會我們如何在動與靜之間找到平衡，在快與慢中尋找和諧。

這種平衡的追求，無疑對日常生活產生了深遠的影響。每一次練習，都是對自我認識的一次提升，讓我在繁忙的生活中，找到屬於自己的寧靜與力量。

「打太極既是雲淡風輕，也是情深意切」，漸漸地，我好似聽懂了，「太極」不就是陰陽的兩面嗎？

課堂上，常常聽起來相互矛盾的教學指南，讓我反思如何在快與慢、認真與輕鬆、形式與內涵之間，找到和諧與平衡。

和諧與平衡不就是生活的追求嗎？

老師和同學看我漸入佳境，都出言鼓勵，「妳有進步啊，打太極很適合妳。」

「哈哈哈，不必太進步，退一步海闊天空！」我想老師心裡是這樣想的。

32 願是你們生命的近景、中景、遠景

曾經，我牽著你，
如今，你領著我……

人生會有幾件事，幾個時刻，讓你覺得此生值得？

二〇二二年底，從紐約到舊金山的雙城之旅，我正是這樣的感受。

人生的諸多角色中，對我來說，為母最難！這是我人生付出最多，卻也最踏實，收穫最豐碩的角色。

接住人生的五根繩索中，「家」要能成為後盾和港灣，需要每個成員很有意

識地共同承擔。父母必須先扮演帶領的角色，接著期待孩子們能接棒，並負起更多的責任。

「雙城之旅」讓我感受深刻，來自被兒女帶領前行的感動——原來，他（她）們長大了，再也不能「小」看他們。

心的距離，伸出手就能握住

親子關係猶如一幀幀的照片，小時候孩子和父母都是「近景」，摟在懷裡，臉部清晰，可以鼻子碰鼻子的那一種。

長大後，孩子學著振翅高飛，慢慢從「中景」到「遠景」，人影愈縮愈小，和父母之間，不再是伸出手就能緊緊相握的距離。

我一直努力，不管和兒女相隔多遠，我們的心，都可以是伸出手就能握住的那一種。但這並不容易，大部分的時候，必須由我們做父母的主動走近，去理解他（她）們的想法，至於自己的道理，要先忍住放在心裡。

親子關係中，我最感欣慰的，就是我們和兒女之間都能保持溝通和分享，不必有相同的看法，但我們都願意說出來，也樂於傾聽。

走進孩子的風景

二〇二二年底，兒子在美工作三年半後，特意為我安排一趟由他完全規劃、完全地陪的紐約之行。在人生進入耳順之年後，這竟是我第一次到美東。

孩子年幼時照顧和教養的課題，很少職業婦女會對自己滿意，總有「不夠到位」的虧欠感，但我們總是很拚命，蠟燭兩頭燒，希望給孩子最好的。

等到他們漸漸長大了，我們突然發現，在這個驟變的時代情境中，我們這一代父母的親子關係和教養方式，「設定和參數」早就不一樣了，我輩父母得用更開闊的心，來面對成年的子女。

與兒女的關係，既不能太近，更不能漸行漸遠。

因而，當一雙在美工作和就學的兒女，主動幫媽媽規劃一次雙城之旅時，我的心自然是欣慰且期待的。

以前總是牽著孩子的手探索世界，終於等到了孩子帶領我們走進他們的風景。

被兒女領導的感覺，真好

這是記憶中我唯一一次的單獨飛行，從桃園機場到紐約機場。

飛機一落地，兒子已等在大廳，母子見面的那一刻，馬上來個深深的擁抱。旁邊一位看來像亞洲人的年輕男子，好奇地看著我們，是覺得東方母子不會這樣喜相逢式的擁抱嗎？

接下來的八天行程，安卓早就做好完整的規劃和安排，該訂位的餐廳和歌劇院、景點的門票和船票，全都在線上完成，一支手機就可順利進出，時間軸和路線完美配合。

安卓一路照表操課，「我是個目標導向的人」，他笑著向母親說明。

我第一次體會到，被兒女「領導」的感覺挺不賴的。

我發揮了勇腳馬的體力，每天緊跟著兒子，亦步亦趨地走遍百老匯、時代廣場、金融中心、新地標 The Vessel、自由島上的自由女神像，享用數個星級餐廳，還到當時安卓工作的 Spotify 位於金融中心六十二層高樓的紐約總部，曼哈頓港美景一覽無遺。

而藏身在超市的「The Chef's Table」，是我吃過最心滿意足的米其林餐廳，沒有無謂的噱頭，食材口味滿意度極高，座無虛席，總要提前兩、三個月才訂得到。

安卓當時環顧四周，講了一句話讓我印象深刻：「妳看，整個餐廳，只有我是帶媽媽來的！」

我很得意，希望兒子也感到驕傲。

父母的期待是祝福，而非壓迫

紐約的緊湊行程，母子之間當然也有交心的談話，是此行意義非凡的地方。

在紐約必吃的早午餐店，兒子突然迸出一句：「媽，我未來的目標，可能不會和妳的期待一致……」

兒子突然說了這麼一句，還帶著不想驚嚇母親的謹慎和老成。

安卓碩士畢業之後，順利地在美國工作已經超過三年。他心裡知道，我和他父親都期待他工作三年後，可以回台灣和我們團聚。

我不知道他說的「期待不一致」，是指歸鄉的日期？還是有其他的想法？首先我有點驚訝，因為我們跟兒女的討論都保持開放的空間，兩代之間不一致的期待和想法也很正常，但顯然孩子心中有了一些新的場景和藍圖，他擔心那並非我的想法。

我想起年輕時進入電視圈，並非父母的期待，工作六年後赴美深造跌破眾人眼鏡，五十出頭就離開熱愛的主播台……。但這一切決定，都有所報償。**符合別人的期待，不如對自己的決定負責，這其實是更大的承諾**。

我也有些心疼孩子，在這個高度競爭變動的時代，踩穩自己的腳步已不容易，還要扛著父母的希望前行，可以想見有多辛苦。

我一直認為親子之間應該給對方的，不是期待的壓力，而是互相包容的體貼。所謂「父母的期待」，是建構在良好溝通下的祝福，而非壓迫。

也因為這樣，兒女願意聽進我們的一些「人生智慧」而承擔責任，是美好的結果。

這個世界已經大不同，夢想有了更多元的樣貌，成功不是豐功偉業，而是開啟心靈自由之鑰。

我們這一代父母其實很有自知之明，把自己照顧好，就是給下一代最好的禮物；讓兒女對生活負起責任，快樂健康地生活，就是最大的期許。

疫情和全球環境的改變，讓我們為人父母的心思和眼界開闊起來了。

還有什麼比「珍惜彼此」更可貴的呢！

我把想法告訴安卓，他安心地露齒笑了，我也放心地把班乃迪克蛋送入嘴裡。

此生值得的幸福時刻

安卓後來說，紐約之行，他印象最深刻而難以忘懷的，是母親跟著他「堅忍不拔」地走在寒風冷冽的高架公園（High Line Park）步道。

這是一處由廢棄工業鐵道改建的城市綠廊道，春夏之際，兩旁全是綠葉繁花，加上不時出現造型特殊的公寓建築，是很受居民和遊客青睞的步道。高架公園步道走到底，還可以抵達紐約新地標——蜂巢式外觀的高樓 The Vessel。

但來到年底的這個時節，高架公園步道兩旁只剩枯枝殘葉，當時我雖然穿著大衣，但是十二月的紐約氣溫很低，頂著寒風走了兩公里確實也相當不容易。走到終點的 The Vessel 之前，兒子還帶我先到附近預約好的眼鏡店，修了他有點歪斜的眼鏡。

我坐在溫暖的室內，靜靜地欣賞著這一切，雖然雙腳真的累了，但心裡沉靜安然。我很開心自己不知為何卻也如此這般地成為了一個幸福的母親。

女兒等在美西，也著手安排了母親和哥哥抵達後的三人行。更讓我開心的是，女兒完成學業將跟我返回台灣，緊跟著兒子也有假期回台，和老爸全家團圓。

我不知道未來我和兒女之間的關係是不是還能這麼緊密，他們的人生也會出現新的挑戰和目標。

但我相信，做為父母，我們永遠都會寬容的接受，隨時成為他們生命中的「近景」、「中景」或者「遠景」。

如果人生裡有幾件事情，幾個時刻，能讓人覺得此生值得，我的雙城之旅，正是這樣一場「此生值得」。

33 一千次愛的練習

一場密碼成謎的行李箱意外，兒女努力為母親解鎖，
讓我看見孩子們對我的付出，為親子旅行帶來「心」的學習。

當孩子小的時候，我們總是亦步亦趨地跟著、陪著，生怕他們發生差錯；當他們遇到困難，做父母的，也必定伸出援手幫他們一把，或是從旁引導他們學習解決問題。

當孩子長大一點，他們開始追求自由，不再那麼需要父母的呵護陪伴，我們學著放手，往後退一步，讓他們飛向更大的世界。

那是一種出自天性的愛，不論時間、精神或體力，我們都願意為最親愛的兒女付出，也願意包容孩子的離去，送上自由，望著他們的背影深深祝福。

曾幾何時，隨著時光飛逝，這份不求回報的愛成為一種循環。孩子們長大成熟了，他們轉身變成為父母解決難題的角色，他們更願意暫緩腳步，放下對自由的追求，回頭承擔起陪伴父母的責任，用愛回報。

最近兩年，幾度和兒女一起到國外旅遊，就讓我看見不一樣的他們，深深感受到孩子們的成長，以及為人父母倒吃甘蔗的回饋。

打不開的行李箱

二〇二四年五月，兒子女兒和我展開一趟為期十六天的歐洲旅行。第一站是波羅的海三小國的立陶宛，我和女兒跟著好友組成的二十人團體，搭乘土航從桃園機場出發，在伊斯坦堡轉機，兒子由紐約飛來會合。

但沒想到，旅行的第一晚就發現，我的大行李箱不但被海關打開，而且開箱的密碼鎖被破壞了，沒有回復我原來設定的三個數字，不管我怎麼試，行李箱就是打不開！

旅遊這麼多次，密碼回不去的驚嚇情況，還是第一次發生。

原本一路的好心情大受影響，兒子女兒看著又累又懊惱的媽媽，立刻上網搜尋網友們分享的影片，研究著如何破解行李箱密碼。但這幾乎是不可能的任務，因為不是重設密碼，而是要破解根本不知道的密碼！

ChatGPT 的整理建議，兒子也沒錯過，從找「缺口」到「聽聲音」，再到手感的「極細微」不同……但這種技術技巧一般人根本不可能搞懂，也不應該搞懂！

愛的表達，心的學習

我做了最壞打算，告訴領隊，恐怕只有破壞行李箱，再買一個新的了。

但兒子不想這麼快放棄，嘗試了多種方式未果，最後決定土法煉鋼，採用網友建議的方式之一——把三個數字一一排列組合，也就是從0到9，逐步試轉十的三次方，一共一千種組合。如果這樣還找不出解鎖的正確密碼，便可確認行李鎖已經被破壞了，媽媽不必有懸念，行李箱該殺該剮可來個痛快！

正值第一天的晚餐時間，兄妹倆留下剛上的雙魚排，一前一後再度回我的房間。哥哥「執法」，妹妹也熱血沸騰，說這就像玩「拉霸」一樣，要幫老哥縮時攝影，捕捉拉霸成功的驚喜瞬間。

「絕不輕言放棄」的脾氣想必也是遺傳自父母，老媽沒有更好的想法，獨自一人坐在圓桌，食不知味地吃著晚餐。

花了大約四十五分鐘的「嘗試錯誤」，一千次的密碼撥轉，兒女們真的完成了明知成功機會很低，但程序必須走完的儀式感。

行李箱依然打不開，但兩個孩子的認真，反而讓我冷靜下來，開始思考舊鎖雖已無解，但如果把卡住的一個鎖片敲開，讓拉鍊可以使用，箱子就能開啟。接著將兩邊拉鍊拉起來，兩個拉鍊頭各有一個小圈可以重疊，再用我掛在行李箱側面的另一個獨立鎖頭，將小圈鎖起來，箱子照樣能用，也能鎖。

不用再買一個行李箱，不用大費周章，也不會耽誤團隊的行程。這個突然出現的曙光，讓我們整個開心起來，皇天不負苦心人啊！

領隊拿著螺絲起子前來敲開卡住的鎖片，我們成功「換鎖」，保住行李箱，繼續接下來的旅程。

一場密碼成謎的行李箱意外，兒女努力為母親解鎖，轉碼一千次，我看見孩子們對我的付出，好比「一千種愛的表達」，為親子旅行帶來「心」的學習。

愛與責任，與自由同行

還有一次，是在自由女神像的腳下，我突然對「自由」有了新的體悟。

二〇二二年年底，我到美東旅行，享受著兒子的貼心和陪伴。他挪出他的自由，向公司請假當全陪，回報母親一直給予他的信任。

這樣的「自由往來」十分美好，但我知道並不容易，全是歲月積累學習而來。

兒女長大後總是要求更多的自由，做父母的我們，總是學習無私的接受，給予孩子展翅的空間。**面對「自由」的互動，考驗親子之間的其實不是「道理」，**

而是「包容與信任」。

誰給對方的自由（不是放任）多一點，某個程度或可解釋成誰給的愛多一點。或許自由的最高境界，並不是我們得到的自由，而是我們能給予的自由。

而當孩子享受自由之際，他們不會忘記身後的父母，與自由同行，正是與愛和責任同行！

34 是福不是禍，謝謝您，小黃司機

小黃司機小事化無，
為一個偶然在時空交會中闖禍的陌生人，安住了心。

我們在這個大千世界生活移動，每天與無數陌生人擦肩而過，在每一個當下、每一個地點，彼此互為背景和陪襯。

如果因為各種機緣巧合而產生互動和交會，我們的回應和解讀，往往便構成了這個流動社會中不同的秩序和情境。

二〇二三年十一月一日那天的一大早，我滿懷期待地開著車，要前往拍攝廣告的第一現場。一路上天氣很好，我心情也很好，沒想到竟發生一件驚嚇又懊惱的行車意外——我撞上了前面的計程車！

如果不是小黃運將當下的明快和寬容，我的心情一定會大受影響，廣告的拍攝一定會受到延誤，所有人都將急如熱鍋上的螞蟻，一切都將變調。

天使運將，一分鐘化解懊惱和危機

當天一早八點，我從內湖開著車，前往位於華視附近的廣告拍攝地點。正值上班的尖峰時間，車子很多，就在基隆路正氣橋上，我被塞在車陣中緩緩前進，腳還踩在煞車上。

突然間，眼睛出現異物感，不知道是小沙子，還是睫毛掉入眼睛裡，我本能地閉上眼睛，希望趕快消除不適。

就在短短一、兩秒內，我猛然睜開眼睛，下意識急踩煞車。原來我不自覺地鬆了右腳，煞車沒踩緊，車子往前滑動，已經碰上了前方小黃的後保險桿！

隔著擋風玻璃，我看到前方車內後座的女乘客驚慌回頭，顯然她感受到被撞的震動。

我心裡一驚：「完了！」趕緊打入R檔，讓車子後退離開小黃。

我懊惱極了，一連串問號閃過腦海，怎麼偏偏在今天？怎麼就正好在此刻？怎麼會在我最熟悉的路段？

腦子裡一瞬間閃過無數想法：我開車一向很小心，除了偶爾接到違停罰單，我可是最講究行車禮儀的駕駛啊！怎麼會突然就這樣撞上了呢？

而且這樣一撞，緊跟著勢必有一番「處理」，勢必會擔誤行程，勢必會引起高架橋上的嚴重交通阻塞。而就在一公里外，還有一大群工作人員等著我……。

正當一連串畫面跑過我的腦海時，前面的小黃司機大哥已經下車查看。他沒有先狠狠地瞪我一眼，只是認真查看自己車後的黑色橡膠保險桿。

就當我準備帥氣有擔當地解開安全帶，下車鞠躬時，奇蹟發生了。

小黃大哥朝著我的方向，隔著擋風玻璃跟我搖搖手：「無按怎啦，好好的，無代誌……。」

他一臉淡定，揮揮手要我離去，隨後自己也上了車，重新上路。

我從車內確認小黃的車後緩衝護欄，確實完整無傷，黑色保險桿上也沒有刮痕，乾乾淨淨的。

我搖下車窗，把頭伸出車窗外，大喊了一聲：「真正歹勢，真多謝！」帶著感恩的心，如釋重負。

我簡直不敢置信，可能的一場交通紛爭和大塞車，竟然在一分鐘內解除危機！雖然沒有造成車損，但我確實從後方追撞到小黃，這樣的行車意外可大可小，有的司機得理不饒人，少不了惡言相向，不善罷甘休。

車陣緩慢地往前挪動，一場「車禍」消弭於無形。我跟在小黃車後一小段路，在車內一直對他揮手表示感謝，不知道司機大哥有沒有看到。

我優雅地準時抵達工作地點，龐大的工作團隊已經就定位，沒有人知道我剛剛歷經了一場驚魂。

感謝老天保佑，感謝司機大哥從容大度。他在正氣橋上留下的正能量，為所有趕時間的駕駛和乘客在覺察前，免除了一場可能的混亂。

小事化無，安住陌生人的心

這段開車的意外，給我不小的感觸，我將過程Po在臉書粉專上。

接著第二天，我從早上一直拍攝到第三天凌晨四時才結束，回家也沒有特別留意粉專，直到睡了一覺醒來，老同事傳來新聞連結，我才知道事情引來不少網友熱議，各大網路媒體也紛紛引用報導，嚇了我一跳，之後幾天我還陸續收到一些朋友的慰問。

臉書粉專的網友留言中，大多是稱讚小黃司機溫和善良，也有人猜想他可能已經認出我來才如此這般。但是我九九％確信司機大哥沒有看到我，一來我根本還來不及下車，二來他只專心查看保險桿，壓根兒也沒打算看清楚是哪個傢伙開的車。

他就是小事化無，為一個偶然在時空交會中闖禍的陌生人，安住了心。

人生禍福相倚，我感恩小黃司機讓我備戰多時的拍攝工作得以順利展開，也提醒我開車要更加小心，分秒都要謹慎。

善因惡果，一念之間

在社會巨大的人際網絡中，我們想成為什麼樣的陌生人？我們想種一個善因，還是結一個惡果，往往就在一念之間。**生活的每一天，都是播下一顆小小的種子，每天用善的心情澆灌，才能長成福蔭的大樹**。小黃司機的舉動，正是最好的證明。

尤其在變動的時代，我們與陌生人的距離，因著不信任，變得更加遙遠和緊繃，網路詐騙橫行，也強化了我們自我防衛的模式。但過度的緊張，有時會讓人不小心誤結惡果，汙染了生命旅程中的美好風光。

而我這次的廣告拍攝，也因為「疑心」，出現一個有趣的插曲。

在我接受和澳洲 Special 的合作代言廣告案之後，雙方進入密集溝通並展開拍攝日期的協商。

與 Special 主管 Emily 頻繁往返的電子郵件中，對方一再更改日期，並不斷詢問我是否有更多可行的時間，我又發現兩位曾被徵詢的造型師，也都未獲進一步確認的訊息，尤其合約「據說」還在產出中，尚未傳給經紀人。

某天，我腦海突然出現一個可怕的想法——該不會是遇到詐騙集團，或者被惡作劇了吧？

拍不拍國際廣告是一回事，但如果有人用英文信跟我開惡意玩笑，我還在一唱一和，這臉可丟大了！

擔心詐騙，如履薄冰

當時，在美國工作的兒子正好返台省親，我要他立刻撥打電郵上的電話號碼，確認一下究竟有沒有 Emily 這號人物？

安卓看著有點歇斯底里的媽，再看看電郵上的信箱地址，很確定地告訴我電郵地址和 Special 的公司網域是一樣的，這是發自 Special 的正式信函，不會是假的。

「誰能保證誰是真的？誰是假的？」我還是不敢輕易相信，振振有詞地提高音量，我不就因為臉書粉專照片被盜用，詐騙集團一再成立假粉專騙人，害我這個正版版主反而兩度被關了粉專嗎？

兒子於是幫我打了電話，那時是台北時間下午一點，澳洲是下午四點，還在上班時間。

電話響了三聲就被接起來，接聽的女聲馬上表示自己正是 Emily！我睜大眼睛，突然覺得自己有點荒謬，所以 Emily 是真的，這一切是真的！

安卓以我特助的名義（他確實是義務特助），先和 Emily 寒暄一番，然後請教她，我方對於拍攝日期一再改變有點困惑，也影響到沈女士的其他行程安排。

Emily 表示理解和歉意，立刻解釋是台灣主要製作群必須整合各支援團隊的時間，並做好各項現場和後勤準備，才會如此不易。

拉近與善良真誠的距離

對方清楚堅定的說明，終於去除了我突然冒出的疑慮，我不禁覺得好笑又無奈，看來我被詐騙集團鎖定太多次，不堪其擾之外，也在心中留下很深的陰影，自己也變得多疑了。

這個世界上，人與真實、人與善良的距離，還會一點一滴地拉近嗎？我們要如何找回最原始的初心，以及最無偽的誠心呢？

那幾天我不斷思考著這些問題，而在廣告開拍前的那天一早，陌生的小黃司機給了我答案。他用正向的態度面對我不小心犯下的錯誤，讓我的心靈與現實處境，全都轉危為安。

讓別人，尤其是一個陌生人的處境轉危為安，是一個大功德！我深深祝福做了功德的司機大哥，希望我們都有機會，並樂於成就這樣的功德。

35

老來幸福不比較

不要高估別人的幸福，也不要低估自己擁有的，
每個人都有值得珍惜的東西，感受它的存在就是幸福。

老而樂活，不是一個事實，是一個觀點。

我不常想到「老」這件事，但歲月催人老是事實，體力和腦力較年輕時衰退是事實，往前看的日子比往後看來得少，也是事實。

當一件件事實擺在眼前，歲月的壓力必須正視，活出樂齡人生，就是年長者共同面對的挑戰。

歲月不可逆，心態可改變

這幾年「老學」和「樂活」成為顯學，所有的論述和分析，都是希望幫助年長者健康積極的面對生活。

確實！歲月既然不可違逆，可以改變的只有我們自己的心態。

忘了是哪一齣韓劇，劇中一位看來樂天但傻呼呼的大叔，在說起如何讓人成功時，突然裝模作樣地引用據說是拳王阿里的名言：「成功不是一個事實，而是一個觀點！」

大叔說得輕鬆搞笑，但這句話很有力，頓時，我的腦袋被敲了一下。

如果這句話真的出自拳王阿里之口，那就不難理解。

拳擊選手的體格是「事實」，但光靠體格和蠻力，無法決定誰會勝出。對戰的兩人，用什麼樣的信念和意志，如何激勵自己，奮戰不懈，這個「觀點」才是「成功」的關鍵。

與歲月同行，愈老愈蹣跚，煩惱心不減反增，我們也可以說，「快樂不是一個事實，而是一個觀點！」

這個「有利觀點」，我認為就是「不比較」！

不比較才能放心、放下，才能安於自己的幸福，讓我們減少無謂的煩憂。

快樂是什麼？

我問了身邊年齡相仿的友人，什麼事會讓她們更快樂？

「肯定是財務，如果我有兩倍於現在的老本，每年可以有一到兩次的海外旅遊，像某某一樣，花錢更隨興，我肯定更開心！」

這是很多退休一族的想法，擁有更多可支配的錢財，可以旅行，可以還掉房貸，可以沒有後顧之憂，可以在兒孫面前抬頭挺胸……。

另一位朋友說：「如果我的兒子願意結婚，甚至讓我抱上孫子，那我就會快樂得不得了！某某都三個內外孫了……。」

父母對兒女各種不同的期待，就這樣經年累月地等著盼著，結果搞到兩代都不開心。

還有一位友人說：「歲月靜好，平安就是福。但是老公年紀愈大愈古怪，真不知道如何改變他。某某婦唱夫隨、琴瑟和鳴，令人羨慕啊！」

我聽了不覺失笑，改變另一半幾乎是每個太太的人生企圖，但沒有人成功過。戀愛中人初入婚姻時，以為對方會為自己改變，殊不知，另一半也是這樣想的。

「什麼會讓我更開心？年輕十歲！只要十歲就好了，我也不貪心，只要回到五字頭……」一位朋友說得很認真。

唉，不要說年輕十歲，回到昨天都不可能！

不比較、不執念、不自苦

這些不同的期待是不是聽來很熟悉？事實上，這些期待不會帶來快樂，有些「比較下」的期待，甚至是無謂的自我折磨。

那麼，有利的觀點是什麼呢？

我認為，就是不比較、不執念、不自苦。大部分的退休一族，很難再有財富倍增的機會，所以老想著自己的錢不夠多。但想再多也無助於改善財務，只會增加煩惱。

有多少錢過多少日子，如果一年海外旅行兩次不可得，改成在本島度假一回也很歡喜；別人吃高檔米其林，我吃高檔冰淇淋，一樣很開心。

沒有比較就沒有傷害，熟齡之後，修正不切實際的期待，減法生活才是樂活人生。

親子關係也一樣，過去我們走著父母期待的路，並視為理所當然。但現在的家庭裡，兩代人各有盤算和難題，想法如果能重疊，算是父母賺到，想不到一塊兒，也就不強求。

世界的變化太快也太大，兒孫自有兒孫福，由不得我們太操心。饒了自己，放手兒孫，我們才能有樂活人生。

至於歲月流逝，擔心老去，更是無從喟嘆了。這是全世界最公平的一件事，時間永遠不停地走，一天二十四小時，不會因為任何人的財富權勢而有所增減。

不比較，比較幸福

說穿了，很多的煩惱心都出自「比較」。

尤其有了社群媒體之後，花花世界全被推到眼前，更難「清心寡慾」，怎麼別人的生活都這麼精采豐富啊！

這些比較，讓我們自嘆弗如，將老來應有的自由與自在愈推愈遠。

十七世紀法國思想家孟德斯鳩有過名言，歷經幾世紀後，依然鏗鏘有力：「如果你僅僅想要幸福，這一點也不難；難的是我們總期望比別人幸福。」

這句話如醍醐灌頂，三百多年前的思想家，精準地點出人性的弱點。

我們可不就是一路在「比較」中成長的嗎？比成績、比學校、比工作、比年薪。

以前在電視台工作時，我每天到新聞部的第一件事就是看收視率、比收視率，在零點零幾的差距中雀躍或懊惱……。

人生的比拚不可避免，大部分的時候，也是進步和夢想實踐的動力。

但「幸福」該如何比較呢?老來繼續再比兒孫、比健康、比誰活得久?我想到太極課老師的那句話:「人生看似拚搏,實則以退為進」,有進有退、進退有據才是人生。

半杯水,足矣

母親在世時,常會說「有一好,無兩好」這句話。對母親那一輩人來說,這句話是自我說服,接受不完美,再自然不過。

而我輩中人,聽到這句話,卻可能是存疑加嘆息,為何不能更好?

手中的半杯水,正面解讀是擁有,負面解讀是不足。

半杯水是「事實」,好或者不好則是「觀點」,老來不為難自己,半杯水已足夠。

不要高估別人的幸福,也不要低估自己擁有的,每個人都有值得珍惜的東西,感受它的存在就是幸福。

如果別人「更」幸福，自有他（她）的福慧和承擔，我們從比較的漩渦中脫離，是「大人」應該有的智慧。

我有時也不免喟嘆，人們很難真正自由，所謂的「做自己」，很多時候都是在做符合別人眼中的自己。

活到一把年紀，如果還老想著要得到別人的認同，只能說長了年歲沒長智慧，老來樂活很難。

快樂或是煩憂，常常互相隱藏偽裝。有些事，需要多一點時間才能看得清。

不比較，

不跟別人比較，

不跟年輕時的自己比較。

不容易，但可學習。

妳的樂活人生，一定也有更多有利觀點！

國家圖書館出版品預行編目（CIP）資料

在歲月裡淘金，一閃一閃亮晶晶／沈春華著．
-- 第一版．-- 臺北市：遠見天下文化出版股份
有限公司，2025.01
面；　公分．--（心理勵志；BBP505）
ISBN 978-626-417-132-8（平裝）

863.55　　113019929

心理勵志 BBP505

在歲月裡淘金，一閃一閃亮晶晶

作者 — 沈春華

副社長兼總編輯 — 吳佩穎
資深主編暨責任編輯 — 陳怡琳
文字協力 — 邵冰如（特約）
校對 — 魏秋綢（特約）
封面設計 — BIANCO TSAI（特約）
封面攝影 — 日常散步・李盈靜（特約）
內頁排版 — 張靜怡、楊仕堯（特約）

出版者 — 遠見天下文化出版股份有限公司
創辦人 — 高希均、王力行
遠見・天下文化 事業群榮譽董事長 — 高希均
遠見・天下文化 事業群董事長 — 王力行
天下文化社長 — 王力行
天下文化總經理 — 鄧瑋羚
國際事務開發部兼版權中心總監 — 潘欣
法律顧問 — 理律法律事務所陳長文律師
著作權顧問 — 魏啟翔律師
地址 — 台北市 104 松江路 93 巷 1 號

讀者服務專線 — (02) 2662-0012 ｜傳真 — (02) 2662-0007；(02) 2662-0009
電子郵件信箱 — cwpc@cwgv.com.tw
直接郵撥帳號 — 1326703-6 號　遠見天下文化出版股份有限公司

製版廠 — 東豪印刷事業有限公司
印刷廠 — 家佑實業股份有限公司
裝訂廠 — 台興印刷裝訂股份有限公司
登記證 — 局版台業字第 2517 號
總經銷 — 大和書報圖書股份有限公司 電話／(02) 8990-2588
出版日期 — 2025 年 1 月 22 日第一版第 1 次印行
2025 年 4 月 16 日第一版第 3 次印行

定價 — NT 450 元
ISBN — 978-626-417-132-8
EISBN — 9786264171298（EPUB）；9786264171281（PDF）
書號 — BBP505
天下文化官網 — bookzone.cwgv.com.tw

天下文化

BELIEVE IN READING